림

젊은 작가 소설집 5

숲속에는 축복이

일러두기

- 본 소설집은 작가별 원고의
  특성을 가능한 한 살려
  편집했습니다.
- 맞춤법은 국립국어원의 원칙을
  따랐으나 뉘앙스를 살리기 위한
  일부 표현은 그렇지 않을 수
  있습니다.

차례

팔뚝의
노릇

남궁지혜

기선의 전화였다. 두 달 전 빗길에 넘어져 팔이 부러졌다는 소식을 전한 후로, 문자 하나 보내는 것도 시간이 걸리는지 연락이 뜸해진 지 오래였다. 핸드폰이 울리면서 이름이 떴을 때 반가운 마음보다는 묘한 위구심(危懼心)부터 들었다. 무슨 일이야? 선양은 내색하지 않고 물었다. 기선의 목소리는 한 달 전과 다름없이 명랑했다. 주말에 시간 있어? 토요일에! 기선의 목소리가 들떠 있는 만큼 선양의 기분은 불안으로 침전되었다. 일정은 없지. 밖에 더운데 어딜 나가. 선양의 건조한 말씨에도 기선의 목소리는 변함없이 높았다. 그러면 우리 집 좀 놀러 올래? 나랑 가구나 조립하자. 에어컨 빵빵하게 틀어 줄게. 선양의 미간이 불퉁하게 솟았다.

"제형이는 어쩌고 너 혼자 가구를 조립해? 게다가 팔도 아픈 애가."

"걘 그날 축구하러 가. 왜, 동네에서 하는 거 있잖아. 어차피 이건 비밀이어야 하고."

"비밀?"

"서프라이즈거든."

"열녀 났네."

선양이 피식 웃었다. 기선은 잠시 말이 없었다. 기선이 결혼하기 전엔 새벽에 걸려 오는 전화도 그렇게 반가울 수가 없었는데 근래 기선의 전화는 어딘가 겸연쩍었다. 선양은 고민하다 쯔읍, 하고 입술을 말았다.

"맛있는 거 시켜 줘."

"당연하지. 내가 너 아니면 누구한테 이런 거 부탁하니."

"나도 너라서 가는 거야."

기선이 고맙다며 입술을 모아 쪽쪽 소리를 냈다. 징그러워.
우리 나이가 몇 갠데. 왜, 몇 개여도 사랑스러우면 하는 거지.
일흔 살이 되어도 이런 거 해 줄게. 선양은 언젠가의 대화가
생각났다. 기선은 늙어서도 자연스럽게 흰머리 그대로 기르는
것이 좋다고 했었고 선양은 어르신들이 머리를 자르고 파마를
하는 건 이치와도 같은 흐름일 거라고, 우리는 그렇게 살
수밖에 없을 거라 말했다. 하지만 기선은 단호하게 고개를
내저었다. 아니야. 나는 피곤하게 사는 할머니로 늙을 거야.
균형도 괜찮잖아. 너는 빠글빠글, 나는 찰랑찰랑. 그 표현에
선양이 콧방귀를 뀌었다. 그래, 그 나이에 찰랑찰랑이면 아주
피곤한 할머니긴 하겠어. 기선은 길거리에서 선양의 어깨를
부여잡고 한참을 웃었다. 선양은 기선이 썼던 표현을 다시금
생각했다. 그래, 나는 빠글빠글, 너는 찰랑찰랑이었는데
그것들이 다 옛말이나 다름없지. 미래의 기선을 상상하노라면
자연스레 제형의 형체가 옆을 꿰찼다. 불과 2년 전만 해도
기선과 시답잖은 농담을 할 때마다 서로를 떠올렸지만 이제는
아니었다. 기선이 먼저 미래를 논하더라도 제형이는 어쩌게?
같은 한 마디가 선양의 목구멍을 콕콕 쑤셨다. 실제로 그렇게
말한다 한들, 기선은 흐릿하게 웃겠지. 기선이 짓는 흐릿한
미소의 방식은 이렇다. 우선 앙 다문 입술을 옆으로 찢으며

남궁지혜

음거린다. 눈가도 동시에 얄팍하게 포개어지는데, 그때 뺨은
미동도 없이 굳어야 한다. 미간에는 살짝 힘을 주어 주름지게
만들면 결론적으로는 우는 건지, 웃는 건지 알 수 없는
애매한 얼굴이 되는 것이다. 선양은 그런 기선의 표정을 잘
알았다. 아니, 잘 알게 되었다는 말이 더 정확하겠다. 기선은
그 표정을 시댁에서 걸려 온 전화를 받으면서도 지었고,
친구들과 만나는 자리에서도 지었다. 대부분 제형의 이야기가
나올 때의 표정이었다. 선양은 그 애매함을 자신에게도
내비치는 기선이 가끔은 얄미웠고 괘씸했다.
　선양은 그러면 또 보자, 하고 전화를 끊었다.

　주말 아침은 느긋했다. 선양은 지난 수요일에 배송된
엘피를 턴테이블 위에 올렸다. 침압을 조정하고 바늘을
놓자 금세 노래가 쟁쟁하게 방을 울렸다. 선양의 집은 신축
오피스텔로 불투명한 여닫이문이 방 한가운데에 놓인 나름의
투룸이었다. 선양은 그 분리된 공간을 이용해 책도 읽고
음악도 듣기 좋은 공간을 만들었다. 당근에서 저렴한 가격에
펑퍼짐한 상아색 소파를 구하고, 그동안 모아 두기만 했던
엘피판을 재생할 플레이어도 구매했다. 침대와 분리되어
취미를 누릴 수 있는 공간은 선양에게 독립 후 처음이었다.
작은 발코니도 있어서 며칠 전엔 그곳에 대파와 바질 화분을
놓았다. 회사 동료가 요리할 때마다 잘라서 쓰면 요긴하다며

팔뚝의 노릇

선물해 준 것이었다. 대파는 생각보다 잘 자라 주었고 바질은
지금 뜯어 봐야 페스토는커녕 데코용으로 쓰기에도 민망한
정도였다. 잎들이 왜 저렇게 작을까. 줄지어 놓은 바질 화분
중에 하나라도 잘 자란 게 있으면 이따 기선이네 갈 때 들고
가고 싶었지만, 아쉽게도 다음으로 미루어야 할 것 같다.
선양은 엘피 한 면이 다 돌아가는 동안 소분해서 냉동해 둔
수프를 꺼내 빵과 데워 먹었다. 밀린 설거지도 하고 어제 코인
세탁소에서 빨래와 건조를 마친 옷들도 개었다. 나머지 한
면은 에세이를 읽을 준비─큰 텀블러에 얼음을 한가득 넣은
옥수수차와 로투스 쿠키, 그리고 경건한 마음─를 마치고
재생했다. 이번 에세이는 서점 주인이 우리 같은 여성들이
읽기 좋다며 추천해 준 책이었다. 주인의 추천은 언제나
옳았다. 선양은 페이지를 넘길 때마다 희열과 통쾌함, 그리고
동질감을 경험했다.

　　저자는 스물일곱 살에 독립하여 서른세 살에 제집
마련에 성공한 과정으로 이야기를 시작했다. 비록 도시
외곽에 위치한 18평짜리 아파트였지만, 혼자 살기에는
더없이 좋았다고, 나 자신으로 오롯이 있을 수 있고 언제든
돌아갈 수 있는 공간이 있다는 사실이 지난 시간 동안 저를
지탱했다고 언급했다. 이직할 때마다 숱하게 들었던 결혼
여부 혹은 출산 계획 따위의 질문에 진절머리가 났지만
그것을 어떻게 극복했는지, 지지 않고 맞서니 지워지지
않았다는 산증인과도 같은 구절들이 선양의 손끝을 종잇장에
오래 머물게 했다. 정신을 차렸을 땐 어느새 노래는 끊겨

남궁지혜

있었고 기선의 전화가 부재중으로 남아 있었다. 선양은 기선에게 전화를 걸어 이제 출발한다고, 간만에 책을 읽느라 시간 가는 줄 몰랐다고 말했다. 기선은 무슨 책인데? 하고 물었고 선양은 제목을 말하려다 그냥 책, 이라고 대답했다. 아무튼 곧 갈게. 지금 티맵 찍어 보니 30분은 걸린다네. 기선은 얼른 와야 한다고, 제형이 오기 전에 마무리하려면 한시가 급하다고 종용했다. 그래, 그래. 선양은 기선을 달래듯 대답하며 가벼운 차림 그대로 차 열쇠만 챙겨 밖으로 나가 시동을 걸었다.

　선양은 차에 타 기선과 전화를 마무리하며 얼마 만에 그 집에 가는 건가 가늠했다. 지난 4월 제형의 생일 때가 마지막이니 5개월 만에 가는 거구나. 그렇게 먼 거리가 아닌데도 어느 집에서든 모이기란 쉽지 않았다. 제형은 선양의 대학 후배로 한 살밖에 차이가 나지 않아 친구처럼 지낸 동생이었다. 서로의 학교가 가까웠던 선양과 기선은 곧잘 만나곤 했는데 언제부턴가 자연스럽게 제형이 끼기 시작하면서 셋의 만남은 모호하게 흐르기 시작했다. 눈치는 진작 챘다. 사소한 기미여도 모를 리가 없지. 제형은 기선을 만날 때면 목소리가 평소보다 낮아졌다. 만나기 전엔 꼭 학교 화장실에 들어갔다 나왔다. 앞머리가 살짝 뾰족해진 모양새를 보노라면 그렇게 웃길 수가 없었다. 뭐하나, 한마디를 해도 자기 머리는 원래 이렇다는 듯 시치미를 뗐다. 선양에게는 가끔 반말도 하고 야야 거리며 깐죽댔지만 기선의 앞에서는 민망하다는 듯 웃으며 누나라고 꼬박꼬박 불렀다. 아, 누나,

아니에요. 아, 진짜 그런 거 아닌데……. 선양은 그런 제형의
말투를 기선하고 있을 때마다 따라 했다. 걔는 뭐가 자꾸
아니래. 기선은 그때마다 귀엽던데, 하고 나직하게 말하곤
했다. 다음 해 선양은 학교를 졸업하자마자 워킹홀리데이
비자를 받아 캐나다로 떠났다. 시차가 있다 보니 기선과
연락도 뜸해졌다. 그즈음 기선의 인스타그램엔 제형이 여러
번 태그되었다. 즐겁게 사네. 대수롭지 않은 감상은 1년 뒤
한국에 돌아왔을 때 불길한 예감으로 변모했다. 귀국 후 다
같이 모인 자리에서 기선은 자연스럽게 제형의 옆에 앉았다.
선양은 맞은편의 둘에게 웃으며 말했다. 웃기지 마. 차라리
웃겨 달라는 속뜻이었다. 기선은 알아들었을 텐데도 예전의
제형처럼 시치미를 뗐다. 정말이야. 반년 됐어. 제형은 속도
없이 기선의 손을 단단히 맞잡았다. 진짜야. 나 기선이랑
사귀어. 언제는 꼬박꼬박 누나라더니. 이 미친 새끼. 선양은
하고 싶은 말이 많았지만 입술만 잘근잘근 씹었다. 그러곤
제형을 향해 한마디 했을 뿐이었다. 잘해라, 잘해. 3년 후에
기선이 제형과 결혼한다고 했을 때는 이런 모지리랑 결혼을
하면 너만 손해다, 다시 생각해 봐라, 같은 말들도 덧붙였다.
그런다고 달라지는 건 없었다. 제형에게 말했다. 할 말은
하나뿐이었다. 잘해라, 정말로. 제형은 속도 없이 그래야지,
내가 잘해야지 하고 취기에 벌게진 얼굴로 웃기만 했다.
선양은 그때 처음으로 제형의 정수리를 봤다. 연거푸 고개를
숙이는 제형의 정수리를 보며 얘는 참 머리카락 색이 옅구나,
아니면 이 집 조명이 밝은가 같은 감상을 끝으로 쌉싸름한

남궁지혜

유감을 거뒀다.

반면 기선의 머리카락 색은 아주 까맸지. 선양은 별안간 기선의 학창 시절을 떠올렸다. 모질이 좀 얇거나 밝기라도 하면 염색을 해 놓고도 제 머리라고 우길 깜냥이라도 지녔겠지만 우리 둘은 그러지 못했다. 머리색이 칠흑같이 어두워서 선생님들도 지나가며 이 정도는 되어야 두발 검사에 걸릴 일이 없을 테니 잘 봐 두라고 말을 얹을 정도였다. 그런 기선과 선양이 부쩍 가까워진 것은 2학년 때 같은 반이 되면서부터였다. 곧잘 붙어 다녔다. 돌이켜 보면 성격이 맞는다든지, 취미가 같다든지⋯⋯ 그런 공통점은 애초에 없었지만 유머 코드가 비슷해서 이야기가 잘 통했던 것 같기도. 선양은 촌스러운 스타일을 고수했던 기선의 긴 치맛단이 생각났다. 당시에 친구들이 치맛단이 곧 땅에 닿겠다며 놀릴 정도였으니 지금 기선이 그때 사진을 보면 기함하고 앨범을 내던질지도 모를 일이다.

기선은 발육이 빨라 다른 중학생들보다 키가 크고, 가슴이나 골반 등이 신체적으로 성숙해 보였다. 그 때문에 둘이 함께 있을 때마다 오해를 사거나 놀림을 받는 일이 종종 있었다. 그중 선양이 기억하는 별명은, 왕뚜와 육개. 처음에 들었을 때는 어떤 의미인지도 감이 잡히질 않아 몇 번은 흘려들었다. 하지만 시간이 지날수록 남자애들 사이에서 이름 대신으로 불리기 시작하니 불안할 수밖에 없었다. 기선은 히죽대는 남자애를 불러 세웠다. 왕뚜가 뭐고 육개가 뭔데? 남자애는 수치심 하나 없이 그대로 설명했다.

팔뚝의 노릇

넌 가슴이 크니까 왕뚜껑, 쟨 작으니까 육개장. 기선이 동요 없이
물었다. 그 별명 네가 지었어? 남자애는 대답 대신 긍정을
표하듯 입술에 호선(弧線)을 그렸다. 선양은 그 웃음을 보며
꼭 조커처럼 입이 양옆으로 쭉 찢어지듯이 웃는다고, 뭐가
그렇게 당당해서 입매가 팽팽하게 당겨질까 생각했다.

　다음 날 남자애는 계단 위로 두 바퀴나 구르고 날카로운
계단 턱에 이마를 찧었다. 순식간에 벌어진 일이었다.
점심시간이었고 아이들은 활발했다. 복도를 뛰어다니고
계단을 오르내리는 발걸음들이 무수했다. 그 사이에서 기선은
미동도 없이 점심시간 내내 창가에 기대어 있었다. 그러다
남자애가 계단을 내려가기 위해 발을 내딛는 순간, 한 치의
망설임도 없이 등을 밀었다. 남자애는 굴렀고 목격자는
선양이 유일했다. 굴러떨어지는 남자애를 보는 대신 기선은
선양을 바라봤다. 마치 거기 있을 줄 알았다는 듯이 당연한
시선이었다. 한 계단 위로 올라가 있던 선양은 기선과 동일한
시선에서 계단을 내려다보았다. 남자애는 구르자마자 일어나
뒤를 돌아보았다. 본능적인 움직임 같았다. 누군가가 자신을
밀었다는 확신에 찬 눈빛은 고통보다 살기로 범벅이었다.
피가 멈추지 않는 이마를 부여잡고 보건실에 가는 와중에도
기선을 노려보며 욕설을 멈추지 않았다. 빠르게 상황을
중재한 선생님이 선양과 기선을 교무실로 불렀다. 너희가
뒤에 있었으니 말해 봐. 정말 기선이 네가 밀었니. 선양아,
괜찮아. 말해 봐. 하지만 선양은 고개를 저었다. 발을 헛디딘
것 같던데요. 기선이는 저랑 대화 중이었어요. 바닥의

　　　　　　　　　　　　　남궁지혜

격자무늬나 세고 있던 기선은 선양의 변명에 고개를 들었다.
동글게 말아 올린 선양의 까만 머리칼 가운데에는 연필
한 자루가 꽂혀 있었다. 기선이 풋, 웃었다. 호선이 그려졌다.
남자애가 지었던, 힘 있게 곧은 그 팽팽한 입술.

"웃음이 나오니, 너는?"
"불쾌해서 유쾌한 생각 좀 했어요."

선생님은 손을 홰홰 저었다. 수업 시작한다. 일단 가라.
기선은 반으로 돌아가는 길에 선양에게 말했다.
나 사이코패스 아니야. 네 머리에 있는 연필 말이야. 그게
꼭 우리 같아서 웃은 거야. 네가 내 변명이 되어 준 거나
마찬가지잖아. 그게 꼭 흑심 같아서……. 날 위해 썼다가도
지워 주는, 그런 까만 흑심. 그래서 웃었어. 선양이 기선의
어깨를 툭툭 쳤다. 말 재밌게 한다. 나는 네가 지지 않아서
좋았던 건데……. 야, 몇 번이고 기꺼이 네 흑심 노릇 해 줄 수
있으니까. 그래, 예를 들면 농담이나 변명 같은 것들.
너 대신에 내가 될 수 있고 나 대신에 네가 되어 줄 수 있는
것들. 그러니까 기선아, 절대 지지 마. 기선이 선양의 손을
단단하게 맞잡았다. 동의였고 약속이었다. 다음 날 남자애는
다리에 보호대를 차고 이마에는 하얀 솜을 붙인 채 학교로
돌아왔다. 돌아오자마자 기선과 선양을 향해 달려들었지만
주변 친구들이 양팔을 붙잡고 말렸다. 소식을 들은 모양이었다.
너는 아무 것도 증명할 수 없잖아. 기선이 말했다. 남자애는

벌게진 눈으로 선양과 기선을 번갈아 봤다.

"같은 씨발년들끼리 열녀 났다."

그 말을 듣고 얼마나 웃었던지. 복도로 나와 씨발년이래,
우리 보고 열녀가 났대 하며 서로의 어깨를 거칠게 때렸다.
숨이 넘어가라 웃었다. 그래, 그랬던 적도 있었는데.
　선양은 기어를 변속했다. 어느새 기선과 제형의 아파트
단지가 보였다. 손도 아픈 애가 뭔 서프라이즈를 한다고
고생을 자처하는지. 1층, 2층, 3층, 4층, 5층……. 둘의
보금자리를 손끝으로 세며 선양은 그래도 잘 도와주고
오자고, 잘해 보자고 마음먹었다. 엘리베이터를 타고
올라가는 동안에도 내장 깊숙이 소화해야만 해낼 수 있는
그런 마음을, 선양이 싹싹 비워 먹었다.

"찬물 좀 줄까?"
"얼음 팍팍 넣어서. 나 오늘 고생할 거 같으니까."
"급한 거 없어. 제형이 오늘 늦는다더라고."
"그게 문제야? 이걸 우리 둘이 어떻게 다 하니."

현관 밖에 우뚝 서 있던 박스의 크기부터 불길했다.
한 손으로 옮길 수 없던 기선은 멋쩍은 얼굴로 그거 좀 안으로

　　　　　　　　　　　　남궁지혜

들고 와 달라고 했다. 뭘 해 주고 싶어서 이렇게 큰 걸 샀어?
박스를 방 안쪽으로 옮기느라 땀이 송골송골 맺힌 선양이
얼음물로 입을 축였다. 기운 빠진 손길로 박스를 뜯으니 철제
선반의 자재가 설명서와 함께 정갈하게 포장되어 있었다.
제형이가 위스키를 좋아해서 모으는 취미가 있잖아. 그런데
둘 곳이 없어서 부엌 찬장에다가 몰아넣거든. 티브이 보니까
그런 취미 가진 사람들은 저마다 방에 이런 선반을 두고
전시도 하더라고. 그게 보기도 좋고. 방 하나 어정쩡하게
남아서 창고로 쓰는 거, 이참에 정리하고 취미 방 만들어
주려고. 기선은 선양이 부품을 하나하나 꺼내는 동안 쉴 새
없이 말했다. 근데 기선아, 너도 취미 있잖아. 선양이 설명서를
뒤적이며 말했다. 에어컨 리모컨을 찾기 위해 거실로
분주하게 나갔다 들어오기를 반복하던 기선이 문틈으로
고개를 내밀었다.

"응?"
"너도 취미 있잖아. 나랑 같이 엘피판도 모았었고, 언제는
빔프로젝터 사다가 방도 영화관처럼 꾸미고 싶다더니."
"에이, 언제 적이야. 빔이야 아무 벽에 쏴도 좋은 거고,
엘피는 결혼하기 전에 다 팔았잖아."
"그러니까 왜 팔았어. 제형이는 알뜰살뜰 다 챙겨 왔던데."

기선이 흐릿하게 웃었다. 또 저런 어정쩡한 미소로 미간을
찌푸렸다. 대답은 없었다. 기선은 안방에서 리모컨을 찾아와

에어컨을 틀었다. 덥지? 곧 시원해질 거야. 독립한 지 6년이
되어 가는 선양은 가구 조립만큼은 자신이 있었다. 능숙하게
자재들을 번호순대로 나누고 자잘한 부품들은 누락된 것이
없는지 꼼꼼하게 확인했다. 기선이 옆에 바짝 붙었다.

"뭐 도와줄까?"

선양이 코웃음을 쳤다.

"야, 아픈 팔로 뭘 도와."
"어차피 다음 주면 풀어. 나사 같은 거는 돌릴 수 있어."
"제형이가 이런 네 헌신을 알아줘야 하는데."
"잘해 줘. 걔."
"더 잘해 줘야지. 너랑 결혼했으면."

설명서를 따라 읽은 기선이 큰 철제 다리를 보호대를 찬
팔 안쪽에 고정했다. 넓적한 5번 판을 집어 홈 부분에 결합한
다음 나사를 넣어 육각형 렌치로 천천히 돌렸다. 그리고
뇌까렸다.

"서로 잘해 주는 거지."
"네가 아까워. 걔가 백번 잘해야 돼."
"제형이 잘한다니까."

남궁지혜

불안해 보였다. 팔 하나로 어떻게든 나사를 조여 보겠다고
품에 차가운 철재를 가득 끌어안은 기선의 자세가 기묘하도록
거북했다. 동시에 애처로워서 이게 그렇게 필사적일 필요가
있나, 선양은 생각했다. 그래 봤자 제형이 그놈은 밖에서
자기 친구들과 축구하다 소주에 삼겹살이나 진탕 먹고
순박한 미소나 지으며 현관으로 들어서겠지. 못마땅해진
선양이 쯔읍, 소리를 냈다. 기선이 나사를 조이다가 선양을
올려다봤다. 그것 좀 하지 마. 응? 딴생각에 빠진 선양이
되물었다. 그 쯧, 하고 내는 소리. 너는 특이하게 더 길게
소리를 내더라. 쯔읏? 그래, 그런 소리를 낸다고. 그것 좀
하지 마. 기선이 한쪽 팔만 쓰는 게 아무래도 힘든지 둥글게
말았던 몸을 곧추세웠다. 선양과 시선이 같아졌다. 그래,
알았어. 그 올곧은 시선에 할 말이 없어진 선양은 기선의
품에 있던 자재를 뺏어 오고 남은 나사를 마저 돌렸다. 이제
겨우 한 칸이었다. 에어컨을 틀었는데도 티셔츠 군데군데
땀자국이 났다. 내가 렌치를 돌릴 테니, 네가 여기만 잡아 줘.
선양이 차가운 철재들을 겹쳤다. 기선이 그것을 단단하게
맞잡았다. 손등 위로 뼈가 불거졌다. 단단하게 솟은 기선의 뼈
마디마디가 산등성이처럼 곡선을 이루었다. 완만한 산등성이
아니었다. 저 곧고 강직한 뼈는 원래부터 저렇게 존재했던가.
아니면 꽉 쥐어야만 누군가를 위해 선반을 만드는 헌신 같은
것들이 생겨나기에 저리도 곧고 강직해진 것일까. 선양이
불거진 손등을 흘금 보다 렌치를 돌렸다. 선반은 빈틈없이
조여졌다. 기선은 여전히 침묵할 따름이었다. 그렇게 차례대로

팔뚝의 노릇

나머지도 조립이 끝나 갈 때쯤 선양은 기선의 정수리를 내려다봤다. 언제부턴가 옅어진 머리색은 조명 아래 있으니 갈색을 띠기도 하고 검붉은 색을 띠기도 했다. 내 흑심은 닳아 가고 있구나. 선양이 다 녹은 얼음물을 비웠다. 축축한 목이 간지러웠다.

　같이 오래도록 씨발년이 되고 싶었는데.

　선반은 완성이었다.

"고마워. 덕분에 빨리 끝냈다."
"제형이는 언제 온대?"
"몰라. 출발하면 연락한다더니 소식이 없네."
"하여간 그 새끼는 그래서 안 돼."
"제형이 연락 자주 하는 편이야. 오늘은 정신이 없는 것 같고."

　떡볶이가 싱거울 수가 있나. 튀김을 집어 양념에 쑤셔 넣었다.

"너도 책 모으는 거 좋아하니까 다음엔 책장 하나 둬. 본가에 다 있잖아."
"집이 작아서 지금은 저 선반으로 충분한 듯."

남궁지혜

"아까 보니까 제형이는 위스키 빈 병까지 모으더라."

"응. 모아 두면 나름 예쁘더라고."

속 좋은 말이다. 답답한 인간아. 선양이 속으로 중얼거렸다.
터진 김말이 속 당면이 떡볶이 국물에 떠다녔다. 입맛이
없었다. 전에 흘렸던 땀이 이제야 식기 시작한 것인지
한기도 들었다. 선양은 흩어진 당면을 하나하나 건져 먹으며
깨작거렸다. 기선과 하고 싶은 말이 있었지만 잊어버린 것
같기도, 처음부터 그런 주제는 준비하지 못한 것 같기도
했다. 자리를 뜨자니 아쉬움은 또 들어서 엉덩이가 무거웠다.
기선이 포크를 식탁에 내려놓았다. 우리가 어떤 이야기를
주로 나눴더라. 선양은 마지막 당면을 주워 먹으며 고민했다.
침묵만 길게 놓였다. 오늘은 제형이 오기 전에 가는 게
좋겠지. 선양도 포크를 내려놓았다.

다음 주에 깁스 풀면 한 번 더 보자. 보문동에 가 보고
싶은 카페가 있었는데, 손이 이래서 사진도 잘 안 나올 것
같아 안 갔거든. 너랑 가야 재밌을 것 같기도 하고. 선양이
가방을 챙기며 그래, 그래 대답했다. 박스는 내가 내려가는
길에 버릴게. 선양이 해체된 박스를 들고 현관문 앞에 섰다.
도어록을 누르고 문이 반쯤 열리자마자 기선이 말했다.

"선양아."

"……."

"선반 그거 제형이만 쓰라고 산 거 아냐. 나도 쓸 거야."

"……."

"네가 걱정하지 않아도 돼, 정말로."

선양이 평소보다 가느스름하게 웃었다. 문은 닫혔다.

~~~

다음 날 제형의 인스타그램엔 새 게시글이 하나 떴다. 2년
전에 올린 웨딩 화보 사진이 마지막 글인 것을 고려하면
간만의 업데이트였다. 제형의 친구들 무리가 하나둘 댓글을
달았다. 선양은 실시간으로 댓글을 확인했다. 올라온 사진은
지난 저녁 기선과 열심히 조립했던 선반과, 그 위로 정렬된
위스키병들이었다. 기선의 이벤트는 원했던 성과를 이룬
듯했다. 대학 시절부터 제법 귀엽게 굴었던 제형의 성격이
게시글에도 그대로 드러나 있었다.

[날 위해 위스키 선반 만들어 줌. 늘 고마워. 사랑해♡]

댓글 반응은 다양했다. 누군가는 선양의 마음을 대변하듯
'ㅗ' 한 글자만 남겼고, 또 다른 이는 '역시 제수씨, 그저
빛……'이라는 주접 댓글을, 또 다른 사람은 '보기 좋다! 장가
잘 갔다!'라는 응원의 댓글을 달았다. 선양도 '알면 잘하길…
….'이라는 댓글을 썼다가 지웠다. 아예 핸드폰을 잠갔다.
반면 기선의 인스타그램엔 별다른 소식이 없었다. 스토리에

남궁지혜

깁스를 곧 풀 수 있다는 문구와 함께 니콜 키드먼이 이혼하던 날 찍혔던 파파라치 짤이 적절하게 올라왔을 뿐이었다. 다음 날 제형의 게시글에는 댓글이 몇 개 더 늘어나 있었는데, 내용은 어제와 비슷했다. '장가 잘 갔다.'가 주된 반응이었다. 선양이 그 표현을 곱씹었다. 나는 기선에게 이런 말을 해 준 적이나 있었던가. 기선에게 붙이자니 어딘가 틀린 표현 같았다. 시집을 잘 갔다니. 시집을, 잘 갔다니……. 기선에게는 아무도 말해 주지 않았다. 엄밀히 말하면 누구도 해 줄 수가 없는 말이다. 시집은 잘 갈 수는 없는 법이니까. 나는 팔이 부러지지 않기를 바랐다. 감수하는 기선 따위 보고 싶지 않았다. 누구는 지지 않아서 지워지지 않았다는데. 너는 왜? 팔까지 부러져서는. 그래 봤자 고작 한두 달 깁스를 찬 것일 텐데 부러진 팔을 다루는 기선의 모습이 능숙해 보였다. 그게 제일 속 터졌다. 그러게 왜 빗길은 걸어서. 그 험난한 길, 아무도 나와서 반겨 주지 않는 적막한 길을 왜 혼자 걷겠다고 나서서. 팔이 부러질 것이란 것은 본인이 제일 예감하고 있었을 텐데도 걸었다. 선양은 걷고 싶지 않은 그 길을 기어코 기선이 걸었다. 거봐. 거봐, 기선아……. 내가 뭐랬어. 선양은 닿지도 않을 말을 읊조렸다.

<hr />

보문동은 한적했다. 기선이 와 보고 싶었다는 카페는 주택가 길목 안쪽에 자리 잡고 있었다. 바깥에 있는 팻말이

아니었으면 발견하기 힘들겠거니 싶을 정도로 구석진
곳이었다. 카페 안을 둘러보며 기선을 찾았다. 창가 자리에
앉은 기선이 보였다. 누군가와 통화 중인 모양새였다. 깁스를
풀었다던 팔은 자유롭게 휘적였다. 말소리가 가까워졌다.
기선이 말했다. 네가 그런 식으로 나오니까 내가 말이 곱게
나갈 수가 없는 거야. 매번 같은 일로 이런 싫은 소리를
주고받아야 하는 게 싫다고. 됐다, 그만해. 지치니까…….
상대편은 제형이 분명했다. 어쩐지……. 그럼 그렇지. 알맹이
없이 새통스러운 제형의 성격이 기선과 잘 맞을 순 없었다.
제형이 새끼. 잘해 준다더니. 별수 없는 거구나. 그래. 그런
거지. 기선이 방을 양보하고 취미를 배려해 주고 선반을
선물해 줘도 돌아오는 건 하소연일 것이다. 선양이 슬며시
웃었다. 아우, 날이 너무 덥다. 선양이 부채질하는 과장된
손짓과 함께 맞은편에 앉았다. 기선은 놀란 기색도 없이
전화를 끊었다. 서두로 꺼낸 날씨 이야기를 하다 보니 주문한
음료가 나왔다. 기선은 유자청으로 만든 콤부차를 이미 반쯤
마신 뒤였다. 선양은 아이스아메리카노를 제 앞에 놓았다.
차가운 음료로 목을 축이니 더위가 가셨다.

　"회사는 어때? 이직한 뒤로 힘들어했잖아."
　"응. 지금은 뭐, 그럭저럭 또 다닐 만해."
　"다행이다. 버티는 게 최고야."
　"그래야지. 너랑 제형이도 회사 잘 다니지?"
　"늘 똑같지. 걔도 싫은 소리 없이 다니는 거 보면 잘하는 거

　　　　　　　　　　　　　　　　　南宮지혜

같고."

　기선이 한 손으로는 턱을 괴고 다른 한 손으로는 잔을
매만졌다. 나는 요즘 바질을 키워. 바질? 기선이 되물었다. 응.
그런데 잘 자라지 않아. 한 달이 넘도록 키웠는데 아직도 잎이
쥐꼬리만 해. 귀엽네. 바질 키워서 뭐 해 먹게? 글쎄. 그래
봤자 데코겠지. 너도 하나 주려고 여러 개 심었는데 오늘도
못 가져왔어. 기선이 아쉽다는 듯 눈썹을 찡긋거렸다. 작아도
좋은데 그냥 가져오지. 내가 잘 키워 볼 수도 있잖아. 선양이
턱을 긁었다. 그러게. 그 생각은 못 했네. 둘은 잠시 침묵했다.
하늘은 어두워졌다. 오늘 비가 내린다고 했나. 아니, 그런
예보는 없었는데. 둘은 창밖만 물끄러미 보며 잔을 비웠다.

　"제형이 그놈은 아직도 속도 없이 늦게 들어와?
　"늦게 들어오지 않아. 언제 적 이야기야."
　"별일은 없고?"

　기선이 창가에 기대 선양을 바라보았다.

　"별일이 있어야만 할 거 같아. 네 말을 들으면."
　"응?"
　"꼭 그런 눈으로 나를 보는 것 같다고. 무슨 대답을 해야
할지 모르겠어."
　"별다른 뜻이 있겠니. 그저 네가 잘 지내는지 궁금해서

그렇지."

"너는 어때, 선양아."

"……."

"너는 잘 지내니."

잘 지내느냐고 하면, 글쎄. 잘 지내는 건가. 주말마다
좋아하는 시집이나 에세이를 읽고 수집한 엘피 앨범을 앞뒤로
돌려 가며 노래를 듣지만……. 바질도 키우고 대파도 키우면서
나름 오밀조밀한 삶을 추구하고 있지만……. 막상 잘 지내냐는
말을 들으니 그건 다른 이야기 같아서 대답이 쉽게 나오지
않았다. 잘 지내냐는 말의 속뜻은 삶이 행복하냐는 의미인가,
만족스럽냐는 의미인가. 그것도 아니면 잘 버텨 내고 있냐는
의미인가. 떨떠름했다. 이런 기분의 기복은 외로움이나
불안에서 비롯된 게 아니었다. 나 자신도 대답할 수 없는 그
미묘한 질문을 애초에 기선에게 왜 던졌나 싶은, 당혹감.

"나도 똑같아."

대답하기도 전에 기선이 말했다.

"여전히 불확실하고 희미해. 그게 불행하다는 의미는
아니야. 너도 그렇잖아."

"그렇지."

"그러면 이왕 이렇게 된 거 너나 나나 잘 지낸 걸로 하자."

남궁지혜

그제야 기선이 웃었다. 화장실 좀 다녀올게. 선양이 자리를
비웠다. 화장실은 어디예요? 직원이 바깥을 가리켰다.
문밖엔 눅눅한 공기가 가득했다. 요즘 소나기가 예측
불허로 내리던데 오늘이 그런 날일 것 같았다. 하늘을 한 번
올려다보고 걸음을 옮겼다. 기선의 마지막 말이 머릿속에서
가시지 않았다. 언제였더라. 한번은 물어봤었지. 어쩌다
결혼을 결심한 거야? 이해가 안 돼서 물어본 건 아니었다.
단순히 궁금했다. 언제는 늙으면 나랑 매년 생일을 같이
보내자고 하더니. 케이크에 초를 80개 꽂고 가장 좋아하는
후드티를 입고 멋진 샤넬 선글라스도 끼고 세계 평화를
바라는 피스 포즈로 사진을 찍자고 했으면서. 그렇게
디테일하게 모든 걸 계획한 건 바로 내가 아니라 너였는데.
하긴 이런 계획이야 열거하자면 손가락과 발가락을 합쳐도
모자랐다. 진심보다 농담에 가까운 말들이었더라도 나는
너의 흑심이라 좋았다. 지워지는 이야기더라도 다시 쓰여질
이야기가 얼마나 많았던가. 그때 기선이 잠시 고민하던
시늉을 끝내고 말했다. 손이 따뜻해서. 생각보다 낭만적인
이유라 구역질부터 났다. 진심이야? 기선이 고개를 숙이고
어깨를 떨었다. 농담하지 말고, 진짜! 기선이 눈물이 나도록
웃더니 소파에 누워 있던 선양의 허벅지에 머리를 기댔다.
바닥에 앉아 뺨만 허벅지에 붙인 채로 선양을 바라보던
기선의 얼굴은 점차 그윽해졌다. 그래. 농담이야. 기선의
침잠된 눈빛에 어쩐지 관통 당하는 기분이었다. 사권 지 2년
정도 지났을 때였나. 한때 다큐를 보고 참고래에 빠졌었어.

넌 모를 거야. 말을 안 했으니까. 이것저것 고래에 대한 다큐를 찾아보니까 환경문제에도 자연스럽게 눈길이 가더라. 그래서 텀블러도 들고 다니고 샴푸도 비누로 바꾸고…… . 일상에서 할 수 있는 건 다 했거든. 우리 엄마도 그런 날 보고 유난이라고 혀를 찼는데 제형이는 이상하게 아무 말 안 하더라고. 티는 안 냈지만 속으로 애도 날 별스럽게 여기겠거니 짐작만 했어. 그러다 한번은 카페에 가서 카페라테를 주문했거든. 오트 밀크로 변경했는데 동물성 우유로 나온 거야. 한 모금 마시자마자 알겠더라고. 바꿔 달라고 하기엔 내가 우유를 못 마시는 것도 아닌데, 어차피 낭비된 우유 그냥 마시자 싶었지. 그러다 일주일 뒤에 다시 그 카페에서 라테를 주문했는데, 그때도 똑같은 실수를 하더라고. 맛을 보면 알잖아. 그래서 따졌어. 한 번도 아니고 두 번이나 이런 실수를 하면 변경한 의미가 뭐가 있느냐고, 어떻게 이럴 수가 있느냐고. 주변 사람들이 다 쳐다보더라. 카페 주인이 묻더라고. 알레르기가 있냐고. 비건이라 말했지. 근데 웃는 거야. 정말이야. 웃었어. 그러곤 죄송하다고 다시 만들어 주겠다고 하더라. 그러면서 그냥 만들어 달라고 하면 될 걸 가지고 손님도 이렇게 화낼 필요는 없잖아요, 하는 거야. 너무 화가 나서 손이 떨리더라. 다시 만들어 주겠다는 라테 이게 다 무슨 소용인가 싶어서, 어차피 버려질 우유일 거면 이번에도 조용히 마시는 게 더 도리인가 이런 생각이 다 들고…… . 사람들은 다 쳐다보는데 사장이 웃어 버리니까. 알레르기도 뭣도 아닌 내가 고작 우유로 이렇게 화를 냈다는 게, 하나의 해프닝일 뿐인데

남궁지혜

나 혼자 열 내는 건가 싶은 거지. 한편으론 내가 비건 자격이 되나, 이 신념 하나 저버린다고 어떠한 일도 일어나지 않는데 이걸 끌어안고 가는 것이 맞나 싶은 그런 회의감. 그 짧은 찰나에 별의별 생각이 다 들더라고. 그때 사장이 라테가 담긴 잔을 가져가려 하니까, 제형이가 제 손으로 도로 가져갔어. 그러면서 하나 더 주문할게요 하는 거야. 이번에는 실수 없이 오트 밀크로 주시고, 다음에도 이 친구 오면 꼭 좀 기억해 주세요. 그렇게 말하면서. 그날 제형이 우유도 안 좋아하는데 버리려던 라테까지 다 마셔 줬어. 나가는 길에 내 손을 잡고 그러더라. 기선아, 저버리지 마. 고작 우유 하나로 고래 버리지 마. 결혼 이야기가 오갈 때 난 그날 일 하나만 생각했어. 저버리지 말란 말 하나만 생각했어. 그게 이유라면 이유겠지. 있잖아, 선양아. 나는 그 말에 아직도 고래를 사랑해. 고래를 사랑해서 고작 우유여도 여전히 오트 밀크를 찾아. 고작 신념이어도 여전히 비건으로 살아가. 기선이 괴었던 고개를 들었다. 눈이 벌게져 있었다. 기선이 베었던 허벅지에는 미지근한 온기만 남았다. 선양은 횅한 느낌을 달래려 허벅지를 가만히 쓸었다.

그날의 기억은 아마도 그게 전부.

선양은 손을 씻고 화장실에서 나와 다시 카페 안으로 들어갔다. 그사이 밖은 더 어두워졌다. 비가 내릴 것 같더라. 습도가 장난 아닌 것 같아. 기선이 깁스했던 왼팔을 위아래로 꾹꾹 눌렀다. 어쩐지. 팔이 쑤시더라니. 날씨엔 뼈만큼 정확한 것도 없어. 기선의 말이 끝나기가 무섭게 폭우가

쏟아졌다. 빗방울이 바닥에 매섭게 내리꽂혔다. 집에 어떻게
가나. 그러게. 걱정하는 말과 다르게 대화는 계속 이어졌다.
어느 유튜버의 논란, 회사 동료가 겪은 황당한 일들, 며칠
전 꾸었던 기묘한 꿈자리……. 대화 주제가 여러 번 바뀌는
동안에도 비는 멈출 기미가 보이지 않았다. 기선의 핸드폰이
울렸다. 제형이야. 물어보지도 않았는데 기선이 먼저 말했다.
전화를 받고 뱉은 말은 응, 응, 딱 두 마디였다. 짧은 통화였다.
선양아. 제형이가 근처에 있다고 데리러 오겠다는데, 너도
같이 가자. 동네까지 태워 줄게. 소나기가 아닐 수도 있지만
좀만 더 있으면 개일 것 같았다. 아니야. 난 여기서 좀 더 있다
갈래. 기선도 더는 권유하지 않았다.

　제형은 금방 도착했다. 길목 바깥에 차를 댄 건지 우산을
쓰고 천천히 걸어왔다. 기선이 카페 입구로 나가 제형을
맞이했다. 그러곤 제형의 어깨에 묻은 물기를 털어 주었다.
제형은 기선의 기분을 풀어 주려는 듯 계속 고개를 좌우로
움직이며 시선을 마주치려 노력했다.

　"누나, 오랜만이네. 비가 많이 오는데 같이 가지."
　"난 비 오는 거 운치 있어서 좋아. 너희 둘이 먼저 가."

　어느새 기선의 왼팔이 제형의 팔 안쪽에 깊숙이 걸쳐져
있었다.

　"선양아, 조심히 들어가고. 연락해."

"그래."

"다음에 볼 땐 잊지 말고 바질 챙겨 오고."

아까는 전화로 그렇게 싫증을 부리더니 지금의 기선은
한결 홀가분해 보였다. 그래, 저런 얼굴이었지. 어릴 적부터
또래보다 그윽했던 기선의 기백은 본래 저런 얼굴이었다.
선양은 제형의 팔 안쪽에 당연하게 걸쳐진 기선의 길고
가느다란 팔을 바라보았다. 넘어질 기미 없이, 미끄러질 틈도
없이 견고하게 제형에게 얽혀 있었다. 선양이 손을 흔들었다.
둘은 함께 카페를 나갔다. 뒷모습이 닮아 있었다. 하다못해
머리칼의 색까지도…… 동일하게 옅어져 있었다. 사랑하면
닮는다는 말은 외형까지 염두에 두고 하는 말이었을까.
걸음걸이와 속도, 맞댄 어깨 반대편으로 비에 젖은 자국마저
비슷했다. 이왕이면 잘 지내는 걸로 하자던 기선의 말을
곱씹었다. 내가 어딘가에서 고군분투하는 씨발년으로 남아
있어도 달라지는 것은 없었다. 기선의 말이 맞았다. 여전히
나는 너의 변명이었고 농담이었다. 단지 네가 선택한 건 더
견고해지기 위한 팔뚝의 노릇이었을 텐데. 그거면 되었지.
그런 너에게 우산을 씌워 줄 인간이 하나 더 생긴다는 것이
뭐 그렇게 서러운 일이라고 나는, 나는…….
선양은 비가 그칠 때까지 한참을 있었다.

팔뚝의 노릇

잘 지내, 라는 말을 싫어한다. 할 말이 없어서. 그걸 누군가에게
물을 자격 또한 되나 싶고. 그러나 모두가 대강 잘 살아 줬으면 하는
마음으로 글쓰기를 포기하지 못하고 서술하는 인간으로 늙어 가고
있다. 이왕 늙어 가는 김에 사랑해 보자고 권유하고 싶고. 내 이념은
사랑이다. 누구 하나도 버릴 수가 없다. 놓치고 갈 수가 없다. 나는
너의 변명과 농담으로 오래도록 늙어 가고 싶어. 왼팔은 동반자의
팔뚝에 얹고 가더라도 오른팔은 내 몫으로 남겨 줘. 그런 믿음으로 써
내려 간 소설. 내 여성들의 이야기다.

남궁지혜

불가마
메이트

돌기민

이름? 상우랑이. 인간의 땀을 쭙쭙 빨아 먹는 연체동물이자
전복처럼 패각이 납작한 복족류 오도르. 33년 전엔 ㅇ의
엄마 사타구니에 달라붙은 알이었응. ㅇ이 태어날 때 그에게
홀랑 옮았응. 내가 속한 알 주머니가 통째로 어린 숙주에
묻은 것이었응. 수직감염이었응. 젤라틴 성분의 알 주머니는
누리끼리한 곤약면 같았응. 한 주머니에 수정란 8,000개
남짓이 들어 있었응. 인간 눈곱보다 작은 알 껍질을 찢기
무섭게 아기 ㅇ의 겨드랑이로 영치기영차 점액 흔적을 남기며
물결치듯 기어갔응. 아직 아포크린샘이 활성화되지 않은
시기였지만 그곳을 차지하면 일생이 풍족하겠다 바로
깨쳤응. 본능이었응. 같은 알 주머니를 빠져나온 몇몇 형제와
신경전을 벌여야 했응. 그들도 에크린샘과 아포크린샘이 각각
분비하는 땀을 양껏 먹어 치울 수 있는 겨드랑이에 끌렸응.
경쟁심이 덜한 나머지 형제들은 이마, 코, 인중, 멱살, 가슴,
손발, 등짝, 엉덩이, 회음부 등등 겨드랑이 다음으로 땀샘이
많은 부위를 노리거나 속 편히 가까운 곳에 자리 잡았응.
어차피 ㅇ은 전신에 분포하는 땀구멍 개수가 총 600만이라
평균을 훨씬 웃도는 데다 선천적으로 땀이 흘러넘쳐 어디에
정착하든 굶주릴 일은 없겠지 싶었응. 오른쪽 겨드랑이
상부에 세로로 정착했응. 골반에서 출발해 15센티가 넘는
장거리를 이동하느라 기진맥진했응. 아무쪼록 상석에 터를
잡아 뿌듯했응. ㅇ은 오른쪽 겨드랑이에서 가장 먼저 땀이

나왔응. ㅇ의 성장세에 따라 야금야금 덩치를 불렸응.
외투막에서 석회질을 분비해 새까만 패각 크기도 열심히
키웠응. 나이테가 늘었응. ㅇ에게 이차성징이 찾아오자 매일
단백질과 지방을 비롯한 갖가지 유기물 파티가 열렸응. 배에
뚫린 일곱 입이 고루 즐거웠응. 겨드랑이 살갗을 비집고
올라오는 털이 배를 자꾸 찔러 짜증 나긴 했응. 호사다마
아니겠응? 방귀가 자주 마려웠응. 투명한 액체 똥을 찍찍
푸지게 쌌응. 똥의 증발로 체온을 조절했응. 길이 5센티,
너비 3센티짜리 어엿한 성체로 자랐응. 매끄러운 패각이
바윗돌같이 단단해졌응. ㅇ이 팔을 들었다 내릴 때마다
겨드랑이 하부에 눌러앉은 오도르 패각과 내 패각이
캐스터네츠처럼 맞부딪혀 딱딱! 청량한 소리가 났응. ㅇ은
왼쪽 겨드랑이 오도르를 좌랑이, 오른쪽 겨드랑이 오도르를
우랑이라 불렀응. 오도르를 아끼다 못해 사랑해 마지않는
숙주였응. 짬짬이 쓰다듬어 줬응. 이유를 다 헤아릴 순 없어도
오도르가 땀 섭취 후 배출하는 방귀와 똥이 그의 체취를
유달리 향기롭게 해 준 덕이 아닐까 짐작했응. 그는 자기 몸이
풍기는 냄새가 낯선 행인을 단숨에 사로잡을 만큼 황홀하단
걸 일찍이 알아차린 모양이었응. 오도르에게 무릎을 꿇어
절해도 모자랄 판이었응. 복 받은 줄 알길 바랐응. 인간은
특히 양쪽 겨드랑이에 어떤 오도르가 서식하는지에 따라
복숭아설탕절임이 될 수도, 시큼한 오징어초절임이 될 수도
있었응. ㅇ은 체취가 강해진 청소년기부터 원했든 원치 않았든
동년배와 침대에서 수시로 뒹굴었응. 패각이 갉갉! 긁긁!

돌기민

비벼졌응. 그는 고린내 나는 인간은 말할 것도 없고 평범한
인간이라면 한두 번 얻을까 말까 한 기회를 대수롭지 않게
여겼응. 난 내 자리를 뺏길까 꿈쩍도 않았으나, ㅇ과 몸뚱이를
붙인 숙주로 뽈뽈 넘어가 다른 지역 거주자와 교미침으로
정자를 교환하는 오도르가 드물지 않았응. 그들은 ㅇ으로
영영 돌아오지 않기도 했응. 타지에서 알을 낳았응. 오도르는
머리 위쪽 더듬이 한 쌍으론 화학물질을, 아래쪽 더듬이 한
쌍으론 인간의 체온을 감지하므로 길을 잃어서는 아니었응.
모험을 좋아하는 성격 탓이었응. 나같이 안정을 추구하는
게으른 녀석들은 난정소에서 직접 만든 생식세포로 혼자
알을 빚었응. 보통은 같은 피부에 사는 형제 아닌 오도르와
얼굴 옆 생식공을 짝짜꿍 맞댔응. 상대가 암컷인지 수컷인지
떠볼 필요 없이 들입다 교미했응. 자웅동체만 누릴 수 있는
간편한 삶이었응. 번식기는 정해져 있지 않았응. 내키는 족족
개체 수를 늘렸응. ㅇ은 잦은 성행위로 내 알을 여기저기
퍼뜨려 줬응. 고마웠응. 잠자리를 가진 뒤 틈틈이 우는 게
그의 이상한 특징이었응. 눈물이 줄줄 분비되는 빈도가
땀에 버금갔응. 20대에 접어들어 더 심해졌음 심해졌지
달라지지 않았응. 모텔 화장실 변기에 앉아 울거나 집으로
돌아가는 버스에서 숨죽여 울었응. 왜 거듭 훌쩍이는지
도무지 이해하기 어려웠응. 숙주의 눈물은 얼굴에 거주하는
콩알만치 자잘한 오도르의 특권이었응. 땀은 주식, 눈물은
간식이었응. 맛본 적은 없지만 눈물도 짭짤할 것이었응. ㅇ은
병든 오도르가 시름시름 앓다 흡착력이 다해 피부에서

떨어지면 어느 때보다 오래 울었응. 덩치 큰 가슴팍 오도르가
죽든지, 팔다리 접히는 부위에 살아 좁쌀 같은 오도르가
죽든지 크기에 상관없이 질질 짰응. 숟가락으로 죽은 오도르
패각근을 조심조심 잘라 냈응. 껍데기를 차마 버리지 못하고
책상 서랍에 고이 모셔 뒀응. 그는 훌륭한 오도르 사육장임에
틀림없었응. 그를 만난 건 진정 행운이었응.

" "

  안녕? ㅇ의 친구 ㅎ이야. 그와 어울린 지 벌써 3년째네.
그를 어떻게 만났는지 차근차근 얘기해 볼게. 난 양파,
치즈, 식초가 뒤섞인 고약한 체취 때문에 연애 경험이 없어.
핑계라고? 나도 핑계면 좋겠어. 그래도 한 명쯤은 곰팡이가
핀 듯 쿰쿰한 냄새에도 매력을 느낄 법한데, 다들 한결같이
미간을 찡그리거나 구역질을 가까스로 참으며 도망가더라.
내 얼굴과 몸매, 말솜씨는 오도르의 배설물 장막에 가로막혀
그들에게 가닿지 못했어. 뽀뽀? 안 해 봤어. 키스? 당연히
안 해 봤지. 섹스? 기껏해야 공중화장실 칸막이 안에 숨어
남의 성기 공짜로 몇 번 빨아 준 게 다야. 그걸 섹스라고 할
수 있나? 차라리 고자인 게 낫겠어. 원망스럽지. 날 이런
꼴로 낳은 피붙이도, 섭씨 40도와 습도 80퍼센트를 우습게
알아 매일 푹푹 찌는 날씨도, 숙주의 땀방울을 미친 듯이
빨아 대는 주제에 내 인간관계는 나 몰라라 하는 오도르도.
안 써 본 향수가 없을걸? 암내를 감쪽같이 덮어 줄 줄

알았는데 웬걸? 암내와 손잡고 빙글빙글 춤추는 거 있지?
외롭다는 말로는 부족해도 한참 부족해. 저주? 저주받았다는
표현이 낫겠다. 밤마다 잠들기 전 어둠 속에서 채팅 앱으로
냄새가 맘에 드는 잠재적 애인을 고르는 게 어느덧 습관이
됐어. 고른다는 표현이 적절하진 않지. 코를 서로 만족시킨
유저끼리만 대화할 수 있는 시스템이었으니까. 계정을
만들자마자 체취를 등록해야 했어. 폰 뒷면 카메라 렌즈 옆에
장착된 따개비 모양 냄새 분자 포집기를 겨드랑이 오도르의
항문에 갖다 대길 권장하더라. 누가 정석대로 할까 싶지?
고백할게. 딱 한 번이야. 직장 동료가 옷걸이에 걸어 둔 외투
냄새를 도용했어. 달짝지근한 꽃향기를 내세우니 주제넘게
예쁜 벌레가 잔뜩 꼬이지 뭐야. 문득 겁났어. 그들과 밤새
수다를 떨어 봤자 무슨 소용이겠어? 어차피 실제로 만나는
순간 망할 체취가 탄로 날 텐데. 그럼 데이트하려고 몇 날
며칠 들인 공이 수포로 돌아가겠지. 우리 언제 볼까? 약속
잡자! 얘기가 나오기 전에 먼저 대화를 종료했어. 결국
솔직해지기로 마음먹었거든. 예상대로 앱 알람이 귀신같이
잠잠해졌다. 언제나 그랬듯 난 평생 애인 손잡아 보긴 글렀다
낙심하던 차에, 폰 밑면에 뿅뿅 뚫린 분무공이 ㅇ의 체취를
뿜자 얼결에 흠뻑 들이마셨어. 절로 눈이 감기는 거 있지?
싱싱한 복숭아를 아낌없이 썰어 넣은 상그리아 같았어.
유리잔에 맺힌 물방울이 아른거렸어. 콧구멍은 벌름벌름
심장은 쿵덕쿵덕 난리도 아니었어. 그의 품에 코 박아 죽고
싶더라니까. 딱 잘라 말해 내 이상향이었어. 안타깝게도

만인의 이상향이었지. 오도르가 먹는 땀 성분이 어떻길래
이런 향기가? 내가 감히 ㅇ과 말도 섞고 몸도 섞는 장면을
상상하다니! 그럴 자격이 있나? 설마 사기꾼일까? 정녕
인간이 맞긴 한가? 별의별 생각이 다 들었어. 채팅이 성사될
리 없단 걸 알면서도 그에게 호감을 표시했는데, 곧바로 채팅
창이 열렸어. ㅇ은 여태 인정하려 들지 않지만, 내 체취를
맡곤 분명 실수로 SCENT를 눌렀을 거야. 속마음은 당연히
STINK였겠지. 내가 먼저 인사를 건네니까 땀 삐질삐질
흘리며 마지못해 답장하는 ㅇ의 모습이 생생히 그려져. 그는
타고나길 거절을 못 하는 성격이야. 타인의 좌절과 수치심을
맞닥뜨릴 바에야 손해를 좀 보더라도 간절함의 크기와
무관하게 상대방이 원하는 걸 들어주고 말아. 이용당하기
딱 좋은 유형이지. 대화의 시작은 어설펐을지라도 ㅇ이 나와
억지로 친해졌다 생각하진 않아. 우린 공통점이 꽤 많으니까.
둘 다 시끄럽고 북적이는 장소를 피하려는 습성이 있어.
후각이든 청각이든 한꺼번에 여러 자극에 노출되면 쉽게
피로해지거든. 조용히 산책을 즐기다 외로운 처지에 종종
울적해지는 것도 닮았어. 무엇보다 찜질과 목욕에 환장하는
인간들이야. 이열치열로써 땀 흘리기에 일가견이 있단 말이지.
땀 얘기가 나오자 ㅇ은 갑자기 말이 많아졌어. 그거 아세요?
사우나의 효능이라면서 땀으로 독소가 빠져나온다고들
하는데, 완전히 틀렸어요. 해독은 콩팥의 기능이거든요.
콩팥이 혈액 속 노폐물을 걸러 내죠. 땀은 체온을 조절하는
빼어난 장치예요. 인간만큼 열을 효율적으로 식히는 동물은

비둘기 말곤 없을 거예요. 오도르는 숙주의 체온조절을
방해하지 않도록 땀 섭취량을 그때그때 조절해요. 정말
기특하죠? 아, 저만 너무 떠들었네요. 미안해요. 당시엔
눈치채지 못했지만 ㅇ이 땀 관련 주제에 유독 관심을 보이는
이유는 땀이 오도르의 먹이여서야. 오도르 양육자라는
정체성이 워낙 강한 나머지 오도르와 조금이라도 연결된
지식이라면 죄다 탐닉해야 직성이 풀리지. 내겐 오도르가
원수지만 말이야. 우린 일주일쯤 채팅을 이어 가다 냉면집에서
처음 만났어. 지독한 더위가 5년 가까이 이어져 다른 새들이
멸종하다시피 했으니까 냉면엔 역시 비둘기알이 올라가
있었지. 잡식성인 비둘기는 아무거나 잘 먹지만 오도르
껍데기를 부숴 속살을 쪼아 먹는 걸 좋아해. 별미인가 보지.
밖을 돌아다닐 땐 포악한 비둘기 떼를 항상 조심해야 해.
주로 얼굴에 붙은 오도르를 노려. 오도르가 죽길 바란다면
비둘기를 딱히 경계할 이유는 없겠다. 미안, 딴 길로 샜네.
암튼 식당에서 ㅇ을 맞닥뜨리자 드디어 진짜 체취의 윤곽이
선명해졌어. 폰으로 맡은 냄새는 모조에 불과하니까. 통화
음성과 실제 목소리는 사뭇 다르듯이. ㅇ의 체취가 비강을
가득 채우니 복숭아, 사과, 오렌지, 레몬을 동동 띄운
포도주 냉탕에 풍덩 잠수하는 아찔한 기분이었어. 그와
악수한 손을 잘라 피부에 남은 체취를 영영 보존하고 싶을
정도였지. 폰으로 냉면 냄새를 포집한 뒤 후룩후룩 면발을
빨아 당기느라 여념이 없던 손님들이 일제히 고개를 쳐들어
킁킁댔어. 냉혹한 세상의 이치. 냄새가 좋아야 비로소 어떻게

불가마 메이트

생겼는지 눈에 들어오고 또 잘생겨야 말도 걸고 싶어지지.
나 실은 흑심이 있었어. 내 조건으론 결코 그의 애인이 될 수
없을 테니 체취라도 실컷 맡고 헤어지자. 아님 죽고 못 사는
친구가 돼 그를 졸졸 따라다니자. 어쩜 방어기제였을지도?
ㅇ은 헐렁한 남색 모시 원피스를 입고 있었어. 오도르를
조금도 압박하지 않아 그들과 평화로이 공존하면서 자외선도
차단하겠다는 의지의 표현이었지. 난 평소엔 땀을 최대한
빨리 증발시키고자 끈 팬티만 입고 다니지만 그에게 잘
보이려고 일부러 검은 민소매 원피스를 차려입었어. ㅇ의
얼굴엔 통통한 오도르가 이마와 코, 입가 위주로 다닥다닥
붙어 있었어. 글자 '옹' 또는 '웅' 모양 같았어. 키스를 냅다
갈기고 싶게 귀여웠어. 숙주마다 얼굴 땀의 분비 양상이
달라 지문처럼 고유한 오도르 분포도가 그려지지. 지문도
일종의 땀자국이니 땀이 인생을 지배한다 섣불리 넘겨짚어도
무리는 아닐 거야. 난 얼굴에 참깨보다 자잘한 오도르밖에
없어. 볼품없는 주근깨로 보이려나? ㅇ과 비교해 내 시각적
인상은 너무 희미하지. 못생긴 게 아니라 안 생긴 거 아닐까?
기왕 이렇게 생겨 먹은 거 땀 냄새도 희미해짐 얼마나
좋을까. 깔끔히 사라져 버릴래. ㅇ의 오도르 패각은 심지어
잘 세공한 보석이 안 부럽게 반들반들 윤기가 흐르고 신의
의도가 개입된 듯 완벽한 타원형이었어. ㅇ은 직장에 다니는
대신 오도르 품평 대회 상금을 휩쓸어 생활비로 쓴다 했어.
부러웠어. 오도르를 잘 만나 편하게 사는 것이. 그는 집에다
유리 사육장을 설치해 놓고 입양 보낼 오도르를 키운다고도

돌기민

했어. 사육장 바닥엔 합성 땀이 주기적으로 뿜어져 나오는
인공 피부가 깔려 있대. 땀 탱크를 청소하는 게 귀찮긴 한데
수입이 짭짤해서 그만둘 수 없다나 뭐라나. 냉면 한 그릇을
뚝딱 비우고 한적한 카페에서 빙수를 퍽퍽 떠먹었어. 평범한
체취도 악취로 전락시키는 그에게 내 냄새가 어떤지 굳이
용기 내 캐물었어. 아, 괘, 괜찮아요. 재차 물어봤는데 표정
변화 없이 끝내 괜찮다고만 하더라. 친해지고 나서도 대답은
같았어. '괜찮아요.'에서 '괜찮아.'로 바뀌었을 뿐.
ㅇ은 향기로운 체취 보호막 속에 사는지도 몰라. 더러운 냄새가
접근하는 걸 막아 주나 보지. 괜찮은 척이야 얼마든지 할
수 있다 쳐도 아무나 나와 마주 앉아 밥 먹고 후식 먹긴
힘들거든. 난 회사에서 항상 혼자 밥 먹어. 귀중한 점심시간에
누가 입맛 떨어지고 싶겠어? 내 옆자리에 앉았던 신입
사원 전부 일주일도 못 채우고 그만뒀어. ㅇ과 빙수를 나눠
먹으며 잠시 망상을 펼쳤어. 내 체취가 ㅇ 취향에 맞나?
나를 좋아하나? 봐봐! 에어컨이 빵빵한데도 땀이 나서
미니 선풍기를 켜잖아. 내게 첫눈에 반한 게 분명해! 그와
사귈 수 있을까? 이내 머릿속 심판관이 개소리하지 말라
호통쳤어. 그의 판단이 맞았어. ㅇ은 그냥 땀이 존나 많은
거였어. 게다가 낯선 상황에 놓였으니 긴장할 만도 했지. 오예!
그의 오도르가 쾌재를 부르는 소리가 들리는 듯했어. ㅇ이
쑥스러운 표정으로 말했어. 시, 식욕 넘치는 오도르가 없었음
어, 어떻게 살았을까 싶어요. 바, 바로 먹어 주니까 이 정도지
오, 옷이 마를 날이 없었을 거예요. 이, 인간이 언제 땀을

흘리는지 아세요? 끄, 끊임없이 흘린다가 정답이에요, 하하.
모, 몸에서 열이 계속 발생하거든요. 부, 분비량이 적으면
따, 땀이 안 나온다 생각할 수 있어요. 그, 근데 스트레스를
받거나 흐, 흥분할 때도 땀이 나오죠. 아, 아드레날린이라는
호르몬 때문에 따, 땀구멍이 열리는 거예요. 지, 지금 제
혈액에 아드레날린이 흐르나 봐요.

    ㅇ과 만난 지 1년 만에 같이 찜질방에 갔어. 황토색
원피스를 입고 고온 불가마에 들어갔는데 멍석에 먼저
앉아 있던 이들이 그의 향긋한 등장을 반기다 내 체취를
맡자 중얼중얼 욕지거리하며 허둥지둥 나가 버렸어. 익숙한
현상이었어. 뜨끈뜨끈한 열기를 독차지할 수 있어 오히려
땡잡았다 생각했지. ㅇ은 내게 은근슬쩍 고마워하는
눈치였어. 제면기처럼 한창 땀을 뽑아내는데, ㅇ이 고민이
있다며 불쑥 입을 열었어. 체, 체취 때문에 괴로워. 사,
사람들이 내 체취에만 관심이 있어. 내, 내가 뭘 원하는지
들을 생각이 없어. 자, 자꾸 섹스하자고 졸라. 부, 분위기에
휩쓸려서 어, 억지로 섹스하게 돼. 그의 자랑질에 부아가
치밀었어. 10분도 안 지났는데 열기를 더는 못 견디겠더라.
하고 싶어도 못 하는 친구 앞에서 그게 할 소린가 싶더라니까.
한증막 바깥 평상에 앉아 마저 얘기하자고 했어. 그게 왜
고민이야? 인기를 즐겨. 즐길 수 있을 때. 난 얼음 동동
단호박식혜를 벌컥벌컥 마셨어. ㅇ이 시킨 미숫가루도 맛봤어.
끝나지 않는 여름을 버티게 해 주는 맛이었어. ㅇ은 자기 얘길

잘 들어주는 순박한 사람과 연애하고 결혼해서 안정적인 가정을 꾸리는 게 꿈이랬어. 그런데 만나는 사람마다 향기에 정신을 못 차린대. 초반엔 사랑에 헌신할 것같이 굴다가도 데이트가 막바지에 다다르면 자길 어떻게든 모텔에 끌고 가려 안달한대. 개중엔 섹스도 섹스지만 오도르를 한 마리라도 얻어 가는 게 목표인 녀석도 있대. 강간인 듯 아닌 듯 애매한 일을 당하는 게 지겹대. 그러니까 몸에서 나는 향기가 너무 좋아서 연애를 못 한다는 거야? (그럼 오도르를 깡그리 죽여 버리지 그래!) 마, 말하자면 그렇지. 미, 미안해. 왜 갑자기 사과해? 미, 미간이 일그러졌어. 내, 내가 말실수했나 해서. 아냐, 아냐. 네 말을 이해하려고 노력하는 중이었어. 한 번도 고민해 보지 않은 문제라. 다, 다행이다. 이, 이런 고민을 털어놓은 건 네, 네가 처음이야. 우린 노릇노릇하게 구운 비둘기알을 두 개씩 먹었어. 난 한 개 더 먹었어. 찜질방 건물 옥상에 설치된 그늘막 아래에서 트램펄린을 탔어. 어린 애들이 코를 틀어막고 도망갔어. 그늘막에 정수리가 닿을 듯 방방 뛰면서 ㅇ의 신세 한탄에 귀를 기울였지. 말더듬증에 헐떡임까지 더해져 80퍼센트밖에 못 알아들었지만, 그의 삶은 나완 정반대의 이유로 참 기구하구나 생각했어. 그동안 그를 선망과 질투로 짝사랑해 왔음을 새삼 깨달았어. 그는 순진하게도 이기적이지 않은 좋은 인간과 깊이 친밀해질 수 있다는 믿음을 포기하지 못한 바보 같았어. 세상엔 그를 노예로 부리고 싶어 하는 인간들이 득실댈걸? 이번엔 진짜일 거야. 이 사람은 관상이 선하니까 날 진심으로 사랑해 줄

불가마 메이트

거야. 그런 착각이 땀처럼 걷잡을 수 없이 솟구치나 봐.
다행이었어. 안심했어. ㅇ이 줄곧 연애에 실패해서. 나쁜
새끼만 쏙쏙 골라 만나서. 그를 가엾게 여기면서도 그의
고립을 응원했어. 그가 앞으로 쭉 오직 나랑 놀길 바랐지.
나 쓰레긴가? 쓰레기라 욕해도 어쩔 수 없어. ㅇ은 내 거야. ㅇ이
어, 어때? 괘, 괜찮은 사람 같지? 이렇게 조언을 구하잖아?
그럼 야, 장난해? 괜찮긴 뭐가 괜찮아! 딱 봐도 개차반이네!
무조건 쏘아붙이게 되더라. 내가 그와 사귈 수 없음 아무도
사귈 수 없어. 몹쓸 것에게 섹스당한 뒤 엉엉 흐느끼며
통화하는 ㅇ을 매번 아무렇지 않게 받아 줄 사람은 나밖에
없다고. 모텔에서 두들겨 맞아 멍든 얼굴을 몇 시간이고
어루만져 줄 사람은 나뿐이란 말이야. 그렇게 생각했어.

　둘이 목욕탕에서 때를 밀고 막국수를 먹으러 가는
길이었어. 아까 탕에 앉아 있을 때 힐긋 보니까 가슴에 붙어
있던 오도르 마릿수가 준 것 같은데 어디 갔어? ㅇ에게
물었더니 대뜸 사흘 전 집에 강도가 들었다는 거야. 하,
한밤중에 더워서 깼는데 보, 복면 쓴 사람이 날 내려다보고
있었어. 모, 목에 칼을 들이밀면서 소, 소란 피우면 죽인다
협박하길래 찌, 찍소리도 못 했지. 나, 나도 참 웃긴 게 아,
아무리 밤이라지만 이, 이 날씨에 복면을 쓰다니 고, 고생이
이만저만이 아니네 싶더라. 고, 공포심을 덜려는 심리였던
거 같아. 아니, 그래서? 어떻게 됐는데? 드, 들어 봐. 이,
이제 얘기할 거야. 오, 오도르 세 마리만 가져갈 테니 꼬,

　　　　　　　　　　　　　　돌기민

꼼짝 말고 가만히 있으랬어. 이, 이불을 치우고 오, 옷을
벗으랬어. 세상에! 난 순간 오도르가 별자리 저리 가라 할
수준으로 예쁘게 수놓인 ㅇ의 알몸을 떠올리는 바람에
심장이 쿵 내려앉았어. 시키는 대로 했어? 으, 응. 가,
강도가 내 몸을 샅샅이 훑어보더니 부, 분무기로 가슴팍에
이상한 액체를 칙칙 뿌렸어. 오, 오도르가 쪼그라들어 피,
피부에서 쉽게 떨어지는 거 있지. 그, 그냥 잡아 뜯었음 피,
피부가 찢어졌겠지. 피, 피가 철철 났을 거야. 오오, 오도르를
마비시키는 약물 같았어. 내, 내가 어떻게 키운 오도른데……
3, 30년 넘게 애지중지 키웠는데…… 시, 시간이 흐르면 다,
다른 오도르가 빈자리를 채우겠지만…… 가, 강도가 창문
너머로 사라지고 나서도 하, 한참을 울었어. 아, 아침까지
울었어. 어, 어쩐지 체취가 전혀 느껴지지 않아 신기했는데,
조, 존재감이 없는 삶이 고달파 저지른 짓이니 너, 너무
미워하지 말아 달라 그랬어. 그, 그게 강도의 마지막 말이었어.
강도는 자기 몸에 ㅇ의 오도르를 이식할 작정이었나 봐.
그런다고 체취가 싹 바뀌진 않을 테지만. 강도가 ㅇ을 죽이지
않아 고마울 지경이었어. 오도르를 가장 쉽고 빠르게 많이
떼어 내는 방법은 숙주를 죽이는 것이거든. 오도르는 숙주의
죽음을 감지하면 알아서 떨어져 다른 곳으로 기어가니까.
너 괜찮아? 다친 덴 없어? 무, 무서웠어. 저, 정말 무서웠어.
버스 맨 뒷좌석에서 ㅇ의 머리를 끌어당겨 내 오른쪽 어깨에
기대게 했어. 잠시나마 그의 애인이 된 듯 흐뭇했지. 경찰에
신고는 했어? 왜 나한테 바로 말 안 했어? 무슨 일 있으면

전부 다 얘기해 줘야 돼. 알았지? 단 하나도 빠짐없이.
약속했다? ㅇ에게 닥치는 불행을 속속들이 파악해야만 했어.
난 어느새 땀을 빼는 오도르처럼 그의 불행을 먹고 사는
생물이 되고 말았어. 배고플 틈이 없었어. 신이 남부러울
것 없는 향기를 준 대신 평탄한 삶을 송두리째 앗았나 싶을
만큼, ㅇ을 못 잡아먹어 안달인 녀석들이 줄을 섰더라고.
불행하지 않은 그를 상상하기 어려웠어. ㅇ은 불행의
아이콘이야. 맘속으로 그에게 저주를 내리고 또 내렸어.
넌 나랑 사귀지 않는 이상 죽을 때까지 고생할 거야. 위로는
세상에서 가장 쉬웠어. 적성에 맞다는 생각마저 들더라.
남의 불행에 마냥 즐거워하는 것보단 어렵겠지만. 아니,
위로하면서 위로를 즐길 수도 있지.

    ㅇ의 전화를 받았어. 지, 지갑을 도둑맞았어. 서럽게 울면서
말하더라고. 폰 분무공에서 나온 그의 체취가 날 감싸안았어.
퇴근하자마자 위로 전문가로서 모텔방에 출근했지. 솔직히
그가 나를 필요로 하는 일, 그러나 내가 해결할 순 없는 일이
너무 자주 반복되니 좀 짜증이 나긴 했어. 하필 업무 처리를
똑바로 못 해서 팀장한테 한바탕 깨진 날이었거든. 있는
욕, 없는 욕을 다 처먹으니 삐질삐질 땀이 나고 땀이 나니
악취를 풍기고 악취를 풍기니 팀장의 심기를 또 거스르고.
악순환이었어. 걱정 마. ㅇ에게 티를 내진 않았으니까.
자초지종을 들어 보니 역시 앱으로 만난 인간의 감언이설에
홀딱 넘어가 섹스한 다음 욕실에 먼저 씻으러 들어간 사이,

돌기민

그 새끼가 지갑을 갖고 튀었다는 거야. 침대에 앉아 가운을 걸친 그의 등을 토닥토닥 두드려 주는데 홧김에 아, 씨발, 도저히 못 봐주겠네. 대체 언제까지 이딴 식으로 살래? 그냥 나랑 연애해! 윽박지를 뻔했어. 하지만 입이 떨어지질 않았지. 사귀자고 얘기하면 ㅇ은 성격상 어색하게 웃으며 그러자고 하겠지. 설령 진심으로 하는 얘기여도 거짓말로 들릴 것 같았어. 아님, 나만 수월하게 거절당할까 봐 두려웠나? 너무 많이 울어서 볼이 따끔거린다길래 좀 쉬라고 ㅇ을 침대에 눕히고 나도 옆에 벌렁 드러누웠어. 그를 만지고 싶어 아주 죽겠더라. 가볍게 뽀뽀라도 해 볼까 싶었는데 결국 못 했어. 엉뚱한 질문이나 했지. 넌 왜 나랑 친구 해? 너, 넌 날 이용하지 않잖아. 내, 내가 뭔가를 하도록 미, 밀어붙이지 않잖아. 스, 승낙하기 싫은데 승낙하게 되는 제안을 내놓아서 따, 땀이 나게 하지 않잖아. 그의 대답은 딱 한 가지 의미로 들렸어. 절대로, 절대로 사귀자고 하지 마. 사실 ㅇ을 건드릴 기회야 많았지. 어두컴컴한 찜질방 수면실에서 같이 낮잠 잔 게 한두 번이 아니니까. 맘만 먹으면 그를 덮칠 수 있었어. 내 산만 한 덩치로 작고 귀여운 몸을 제압하는 건 식은 죽 먹기였을 테니까. 그런데 그러지 않았지. 난 ㅇ을 정말로 사랑하거든. 그의 곁을 지키기로 마음먹었어. 영원히. 그가 힘들 때마다 날 떠올리며 나한테 전적으로 의지하는 걸로 족해. 밤 10시가 넘어서야 구불구불 골목길을 지나 그를 집에 데려다줬어. ㅇ은 다가구주택 2층에 살아. 맞아, 체취 없는 강도가 침입한 그 집이야. 뒤늦게 알루미늄 창살을

설치했지. 늦어도 한참 늦었어. 예전엔 도둑이 빨래 바구니
속 옷을 훔쳐 갔대. o의 체취를 실컷 맡으려 했겠지. 옷에
남아 있는 오도르의 똥 성분을 분석하는 게 목적이었는지도
모르고. 혹시 알아? 향수 만드는 회사 직원이 실적 압박에 못
이겨 도둑질을 감행했을지? 비슷한 이유로 o에게 치근덕댄
잡것들이 한둘이 아니야. o의 체취와 똑같은 향기가 나는
향수를 만들어서 대박을 터뜨리겠다는 거지. o은 어떻게
대응했게? 당연히 해 달라는 거 다 들어줬지. 외딴 연구소에
불려 가 피지와 땀, 오도르의 배설물을 채취당하고 사흘 동안
입은 옷을 내어 주고 자기가 쓰는 화장품을 몽땅 알려 줬대.
내가 알기론 걔네가 향수를 만들긴 만들었는데 막상 피실험자
피부에 뿌리면 예외 없이 다른 냄새가 나서 신제품으로
돈 냄새 좀 맡아 보려던 계획을 접고 말았어. 어떤 변수가
빠졌는지 아직 아무도 몰라. 다행이지. 너도나도 o의 체취를
풍기면 곤란하잖아? 그치만 요즘도 그의 집 근처를 맴돌다
헌 옷 수거함을 뒤지는 음침한 새끼가 있다니까. 미치고 환장할
노릇이야. 물론 o의 입장에서 그렇단 얘기야. o이 끊임없이
괴로워하면 나야 좋지. 내 품에다 눈물을 펑펑 쏟을 테니까.
난 물에 젖은 솜처럼 묵직해질 테니까.

   o이 신분증에 넣을 증명사진을 새로 찍었다며 카페에서
자랑스레 보여 주더라. 옹인지 옹인지 그의 미모가 고스란히
담긴 사진이었어. 나도 한 장 달라며 손을 불쑥 내밀었어.
지갑에 넣어 다닐 생각이었거든. 애써 조르지 않아도 사진을

                                                     돌기민

받을 수 있었어. 싱거웠어. 다른 사람에겐 사진을 주지 말라고
못 박았어. 알겠다는 대답을 듣긴 했는데, ㅇ의 사진이
전단처럼 바람에 날려 널리 널리 퍼져 나가는 상상을 했어.
문득 언제까지 그를 붙들어 둘 수 있을까 싶더라. 붙들고
있긴 한 걸까? 지금이야 나 없인 하루도 못 살 것처럼 굴지
연애에 돌입하는 순간 난 안중에도 없겠지? 쓰레기 같은
새끼들도 더는 안 만날 테고. 나쁜 일을 당하면 애인에게
울고불고 매달리겠지. 애인과만 오도르를 신나게 섞겠지.
미래에 생길 ㅇ의 애인을 있지도 않은 자가용으로 들이받는
상상까지 하니 더 침울해지는 거 있지. 요새 다시 스토킹을
당하는 거 같다는 그의 푸념을 흘려듣다 해가 슬슬 떨어질
즈음 그와 헤어지고 나서 정처 없이 걷고 있었어. ㅇ은
내가 자기 집까지 바래다주길 바라는 것 같았지만. 그가
조만간 날 떠날 것 같은 불길한 예감에 한눈팔다 그만
비둘기 집결지 한가운데에 발을 들이고 말았어. 가까스로
정신을 차려 보니 얼굴 피부가 군데군데 쥐어뜯긴 채 구급차
침대에 누워 있더라. 구급대원이 드레싱을 해 줬어. 쪼끄만
오도르밖에 없긴 했지만 먹이가 제 발로 찾아왔으니
비둘기들이 이게 웬 횡재냐 싶었겠지. 패각이 부실한 편이라
한입에 오독오독 씹어 삼키기도 좋았을 거야. 응급실엔 쭉
혼자 있었어. ㅇ에게 알리기 싫었어. 불쌍해하는 건 나여야
하니까. 작게 찢어진 상처가 많아 총 50바늘 넘게 꿰맸어.
얼굴을 열심히 가린 것 같은데 비둘기 수십 마리가 빈틈을
파고드니 별수 없었나 봐. 의사가 땅바닥에 엎드려 공처럼

불가마 메이트

웅크리지 그랬냐고 나무라길래 그러게요, 왜 안 그랬을까요 되물을 수밖에 없었어. 비둘기가 오도르를 학살하길 내심 고대했는지도? 거즈를 덕지덕지 붙인 얼굴을 폰 카메라로 살펴봤어. 꽤 멀끔하더라. 이참에 오도르를 싹 다 없애 버리면 어떨까 싶었어. 안 그래도 피부과에서 오도르 제거 시술을 받는 이들이 점점 늘어나는 추세거든. 의사가 시술대에 누운 환자의 오도르를 일일이 마취해 살살 긁어 내는 제법 인도적인 방식이랬어. 피부를 떠난 오도르는 플라스틱 사육장에 담아 준대. 키우든 팔든 비둘기에게 먹이든 본인이 먹든 버리든 알아서 하라고. 시술 후엔 오도르가 다신 번식하지 못하도록 최근에 개발된 기피제를 온몸에 꼬박꼬박 발라야 한다 들었어. 깨끗해진 피부에 향수까지 뿌리잖아? 인생이 뒤바뀌겠지. 쇼핑몰에 들어가면 오도르를 순식간에 죽여 버리는 체취제거제를 심심찮게 발견할 수 있어. 알루미늄 성분으로 땀구멍을 틀어막아 오도르를 쫄쫄 굶기는 땀억제제는 약국에서 종종 판대. 이제 타고난 체취에서 해방될 수 있는 시대가 오고 있어. 수술비 수납 때문에 병원 로비에서 키오스크를 두드리는데, 벽걸이 티브이에서 마침 체취제거제 광고가 나왔어. 오도르가 첫인상을 좌지우지하게 내버려두지 말고 홀로 우뚝 서라는 취지였지. 광고에서 더는 '불편'을 감수할 필요가 없다 강조하니까 괜히 억울해지는 거 있지. 그동안 망할 오도르 탓에 불편하게만 살았나 봐. 곰곰이 생각해 보면 오도르의 단점은 역겨운 체취를 만들어 낸다는 것뿐만이 아니었어. 오도르가 거추장스러운 순간들이

돌기민

하루에도 몇 번씩 있었으니까. 물건을 집을 때 손바닥 요철이 얼마나 거슬렸는지 몰라. 발바닥 사정은 어땠게? 한 걸음 내딛는 족족 지압하는 기분이었지 뭐. 오도르에 체중이 쏠리지 않게끔 의자든 침대든 뭐든 세상 폭신하게 제작되지만 엉덩이, 등, 옆구리가 안 배긴 적이 없었지. 애초에 씻는 것 자체도 귀찮아 죽겠는데 피부에 말라붙은 점액을 박박 문질러야 하지, 패각을 꼼꼼히 닦아 줘야 하지, 오도르 사이사이에 낀 때를 파내야 하지 아주 환장할 노릇이었어. 태어날 때부터 오도르와 함께해 온 세월이 야속했어. 오도르와 결별하는 게 장기적으로 어떤 문제를 일으킬지 모르니 부작용을 우려하는 목소리가 없진 않아. 공짜 밥 먹고 똥만 싸는 기생생물이 대체 뭐에 이로운지 샅샅이 밝혀지지 않았거든. 오도르 생태계가 병균의 침입을 막아 준단 속설이 있긴 한데 사실인지 아닌지 알 도리가 있나. 오도르가 없으면 피부가 푸석푸석 건조해지고 피부감각이 무뎌진다 선동하는 이들도 적지 않아. 인간과 오도르의 관계를 공생으로 보는 입장이지. 그들은 오도르가 없는 몸은 진짜 벌거벗은 거라고 주장하더라. 글쎄, 감각에 대해선 정확히 모르겠지만 피지샘에서 분비되는 기름이 피부를 촉촉하게 해 주지 않나? 오도르와 무슨 상관이지? 뭐, 부작용이 뭐든 제거 시술을 진지하게 고려해 보려고. 오도르를 잘못 만난 죄로 뭇사람의 미움을 사는 것보다 심한 부작용이 있겠어? 오도르가 붙은 자리에 자외선이 닿은 적이 없으니 오도르를 제거하면 한동안 우스꽝스러운 점박이 신세가 되긴 하겠네.

병원에서 나와 택시를 탔어. ㅇ에게 걸려 온 전화와 문자가
수십 통이더라. 응급실에 실려 오고 생난리를 쳤으니 그의
불행이 내게 옮기라도 했나 싶었는데, ㅇ이 그새 집 가는 길에
스토커에게 쫓겼다고 하더라고. 심지어 좌랑이들이 아프대.
오도르를 힘껏 잡아당겨서 흡착력이 여전한지 확인하는 걸로
건강 상태를 알 수 있대. 피부에 달라붙는 힘이 예전 같지
않으면 뭔가 문제가 있는 거래. 상좌랑이, 하좌랑이 모두
반쯤 떨어져 버렸대. 꺼이꺼이 울면서 병원에 갔대. 진찰대에
누워 왼쪽 팔을 위로 쭉 뻗었대. 맨눈으로 식별되는 병변은
없대. 의사가 오도르를 떼어 내 초음파검사를 해 보니
둘 다 생식소에 염증이 생겨 두 배쯤 부풀어 있더래. 세균
감염이 원인일 거라며 항생제를 처방해 줬대. 겨드랑이에
발라 두면 오도르가 알아서 먹는대. 그다지 알고 싶지 않은
정보였어. 난 오도르가 죽든 말든 신경 안 써. 번식력이
좋아서 개체 수가 금방 회복되기도 하고. 사실 사람들은
대부분 오도르 한 마리, 한 마리가 아니라 오도르 생태계에
적당한 관심과 애정을 쏟지. 자기 연출에서 체취가 차지하는
비중이 워낙 높으니까. 품평 대회를 준비한다고 해도 ㅇ처럼
오도르 양육에 이토록 호들갑 떨면서 집착하는 경우는
흔치 않아. 그들만의 커뮤니티가 있긴 할 텐데 관심 없어.
가끔은 오도르가 ㅇ의 심신을 조종하는 게 아닐까 싶기도 해.
거꾸로 ㅇ이 오도르의 배에 붙어 기생하는지도 모르고. ㅇ이
연애한다면 똑같이 오도르에 미쳐 있는 사람과 해야겠지.
그의 이상형은 그런 사람일 거야. 내 이상형은 나보다 불행한

돌기민

사람이고.

♦♦♦

저, 정말 좋은 친구죠, ㅎ은. 써, 썩은 양파 냄새가 좀 나긴
하지만 체, 체취로 사람을 평가하면 아, 안 되잖아요. 마,
만성 비염 때문에 거, 거의 입으로만 숨을 쉬어서 차, 참을
만했나 봐요, 하하. ㅎ, ㅎ은 제가 힘들거나 슬플 때 여, 열 일
제쳐 두고 달려와 줬어요. 그, 그렇게 이타적인 사람은 처음
봤어요. 제, 제 아픔이 그의 아픔인 것 같았죠. 두, 둘도 없는
친구예요. 시, 실제로 친구가 하나밖에 없어요. 그, 그런데
제가 드디어 바라고 바라던 짝을 찾아 여, 연애를 시작했다는
소식에 ㅎ, ㅎ은 길길이 날뛰었어요. 모, 몸에서 싱그러운
풀 향이 나고 자, 자상한 성격에 저, 저처럼 오도르 사랑이
극진한 애인을 만난 거라 기, 기뻐해 줄 줄 알았어요. 그,
그가 불같이 화내는 모습은 처음 봤어요. 왜 나한테 말도
없이 그런 결정을 내려! 너 사람 보는 눈 없는 거 몰라? 나랑
미리 상의했어야지, 답답하네 정말! 제, 제가 뭘 잘못했는지
모르겠는데 이, 일단 미안하다고 했어요. 그, 그즈음인 것
같아요. 그, 그의 연락이 뜸해진 것이.

하, 한 달 만에 ㅎ, ㅎ의 소, 소식을 들었어요. 저, 전화를
걸더니 요, 용건만 간단히 말하더라고요. 오, 오도르 제거
시술을 받는댔어요. 마, 말리고 싶었지만 그, 그럴 수 없었죠.

불가마 메이트

거, 결심을 굳힌 목소리였거든요. 체, 체취가 나쁜 삶은 고단할 테니 이, 이해가 되긴 했어요. 또, 또 버럭 소리를 지를까 봐 무, 무섭기도 했고요. 저, 저는 오도르가 인간의 동반자라 믿어요. 이, 인간에게 이로운지, 아, 안 이로운지는 상관없어요. 귀, 귀엽고 예, 예쁘잖아요. 그, 그걸로 족해요.

오, 오늘 오도르 품평 대회를 잘 마쳤어요. 이, 이번에도 대상을 받았죠. 대, 대회 장소는 체육관이에요. 대, 대회가 시작되기 전 하, 항상 축하 공연이 열려요. 오, 오도르 캐스터네츠 연주자들이 겨드랑이 오도르로 합주곡을 연주하죠. 고, 공연이 끝나고 제, 제 순서가 되면 시, 심사석 앞에 알몸으로 서요. 시, 심사위원 셋이 다가와 모, 몸을 구석구석 살펴봐요. 기, 긴장돼서 겨, 겨드랑이부터 땀이 맺히는 게 느껴지죠. 서, 성기와 하, 항문 쪽에 붙은 오도르도 심사 대상이에요. 예, 예외는 없어요. 그, 그들의 요청대로 포, 포즈를 취해야 하죠. 파, 팔을 들어 올려 겨, 겨드랑이를 보여 주고 어, 엉덩이를 벌려야 해요. 오, 오도르의 크기, 새, 색상, 과, 광택, 부, 분포, 바, 방귀와 배, 배설물 냄새, 거, 건강 상태 등이 후, 훌륭한가가 심사 기준이에요. 애, 애들이 전반적으로 컨디션이 좋지 않아 거, 걱정했어요. 좌, 좌랑이들이 죽은 지 며칠 안 돼서 노, 높은 점수를 기대하진 말아야겠다 생각했어요. 하, 하지만 다른 참가자들 오도르도 마찬가지였나 봐요. 왜, 왠지 끔찍한 일이 벌어질 조짐 같았어요. 애, 애인이 차로 체육관에 데려다주고 또,

돌기민

또 대회가 끝날 무렵 데리러 와서 무, 무사히 집에 갈 수
있었어요. 저, 저의 승승장구를 못마땅하게 여기는 대회
참가자와 관중이 많거든요. 제, 제가 메달과 트로피를 받을
때 야, 야유를 퍼붓기만 하면 다, 다행이죠. 체, 체육관
밖으로 따라 나와 지, 집까지 쫓아오기도 해요. 수, 숟가락을
휘두르면서 오, 오도르 패각근을 몽땅 잘라 버리겠다 혀,
협박한 적도 있죠. 그, 그들의 논리는 이래요. 제, 제 체취가
매번 심사위원의 판단력을 흐린대요. 오, 오도르의 특질을
모두 균형 있게 평가해서 저, 점수를 매겨야 하는데 체, 체취
때문에 다, 다른 영역의 점수까지 높게 주는 경향이 있다고요.
시, 심사 방식에 문제가 있다면 시, 심사위원이나 주, 주최
측에 항의해야 하지 않을까요. 저, 저를 그만 괴롭혔음 조,
좋겠어요. 제, 제발요.

이, 일주일 만에 사육장 탱크 물때를 씻었어요. 제, 제
피부에 붙은 오도르의 알 일부를 사육장으로 옮겨 키,
키우죠. 기, 기상천외한 비법이 있진 않아요. 요, 욕심부리지
말고 하, 합성 땀의 성분비를 진짜 땀과 비슷하게 유지하는
게 중요해요. 따, 땀은 99퍼센트가 물인데요, 오, 오도르를
빨리 살찌우겠다고 나, 나트륨이니 지, 질소니, 카, 칼륨이니,
포, 포도당이니, 요, 요소니 야, 양분을 자꾸 첨가하면 아,
안 돼요. 지, 지나친 영양 섭취는 생명에 지장을 초래할 수
있어요. 오, 오도르는 고구마나 감자처럼 야, 양분을 축적하는
능력이 있기도 하고요. 규, 균일한 비율로 땀을 꾸준히 먹여야

해요. 저, 정해진 비율을 지킨다면 따, 땀 자체를 많이 먹는 건
괜찮고요. 야, 양분의 농도가 짙은 제품은 구입하지 마세요.
사, 사육장에 사는 오도르도 제 체취처럼 달콤한 향기를
풍겨요. 와, 완전히 똑같은 수준은 아니지만. 그, 그래서
인기가 많은 것 같아요. 워, 월세를 낼 수 있는 건 오도르
덕분이에요. 사, 사랑해, 오, 오도르!

　　아, 아침에 일어났는데 몸에서 오도르 수십 마리가 후드득
떨어졌어요. 기, 기절할 뻔했어요. 다, 다 죽었더라고요. 제,
제가 총애하는 상우랑이도…… 주, 죽었어요. 사, 사육장에
있는 오도르도 모조리 유명을 달리했어요. 흐흐흑.
애, 애인에게 울면서 전화했더니 흑흑 애, 애인도 같은
상황이랬어요. 모, 몹쓸 전염병이 창궐했대요. 저, 정체를
알 수 없는 바이러스가 오도르의 생식소를 파괴하고 있대요.
흐흑. 바, 방바닥에 주저앉아 우, 울기만 했어요. 오, 온몸이
순식간에 따, 땀으로 젖어 축축해졌어요. 체, 체온이 뚝
떨어져 이, 이불을 두르고 오, 오들오들 떨었어요. 따, 땀이
체취를 씻어 내고 있었어요. 체, 체취가 흐릿해졌어요. 제,
제 오도르를 탐내던 사람들이 쏟아부은 악담이 머릿속에서
메아리쳤어요. 오도르만 빼면 넌 아무것도 아니야. 다한증에
걸린 못생긴 뚱뚱이일 뿐이지. 오도르 믿고 설치다
개망신하는 수가 있어! 더럽게 땀 흘리는 더러운 새끼야! 오,
오도르를 되찾을 수 없음 어떡하죠? 오, 오도르를 잘 키우는
것, 오, 오도르의 빼어난 아름다움, 오, 오도르와 은밀하게

　　　　　　　　　　　　　　　　돌기민

나누는 교감이 저의 자랑이었는데, 이, 이제 저를 어떻게
설명해요? 모, 모르겠어요. 저, 정말 몰라요. 서, 서랍이 텅
빈 껍데기로 미어터질 걸 생각하니 누, 눈앞이 캄캄했어요.
띵동! 초, 초인종 소리가 들렸어요. 이, 이상했어요. 외, 외출이
금지됐다 들었거든요. 혀, 현관으로 다가가 조, 조심스레 문을
열었어요. 그, 그가 서 있었어요.

작가 노트

언젠가 젠더가 뭐라고 생각하냐는 질문을 받고 횡설수설한 기억이
있다. 그때나 지금이나 그게 정확히 뭔지 도통 모르겠는데, 젠더의
속성은 왠지 체취와 닮은 것 같다 넘겨짚는 중에 이 소설을 쓰게
됐다. '바람직한' 냄새를 풍기고자 향수나 체취제거제를 뿌려도 보고
땀구멍을 막아도 보는 이들이 재밌게 읽을 만한 작품이다. 한여름에
땀을 뻘뻘 흘리며 읽으면 더 좋겠지만, 땀이 날 땐 소설이고 뭐고
일단 더위를 쫓는 게 상책이겠다.

돌기민

홀로틀의
포옹

양기연

나목들 사이로 오후 네 시의 햇빛이 쏟아졌다. 얼굴에 닿는 빛이 제법 따뜻했다. 코트를 여미면서 조금씩 걸음을 늦췄다. 그런데도 언니는 계속 뒤처졌다. 시계를 확인했다. 평소라면 이미 도착하고도 남았을 시간이었다.

일주일 전부터 보윤이는 104동에 있는 한솔 어린이집을 다니기 시작했다. 다음 달이면 언니의 육아휴직이 끝나서였다. 그동안 등원은 내 몫이었다. 첫날 보윤이를 데려다주고 돌아온 언니가 또 과호흡 증세를 보였다. 출산 이후 한참 고생하다가 최근 괜찮아졌었는데. 그날 언니는 현관 선반을 잡은 채로 오랫동안 숨을 골라야만 했다.

언니, 숨.

104동 1층, 알록달록한 시트지로 꾸며진 한솔 어린이집이 보였다. 과하게 숨을 들이켜는 소리가 들렸다. 뒤를 돌았다. 언니가 양손을 올려 코와 입을 막았다. 나는 언니 앞에 서서 일부러 소리를 내며 천천히 숨을 내쉬고 들이마셨다. 나를 따라 숨을 고르면서 언니가 내 상박을 부여잡았다.

보윤이는 이미 안전문 앞에서 대기하고 있었다. 선생님이 천천히 문을 열어 주자, 안전 철창을 잡고 서 있던 보윤이가 쏟아지듯 내게 안겼다. 이제는 꽤나 묵직해진 아이를 고쳐 안으며 현관 밖으로 나갔다. 언니는 그대로 서서 안전문과 중문을 닫고 나오는 선생님을 기다렸다. 오늘의 목적인 종일반 이야기를 하기 위해서였다.

많이 바쁘시죠. 다른 부모님들도 종일반 많이들 맡기세요.

진지한 표정으로 언니 말에 귀를 기울이던 담임선생님이

대답했다. 안심하라는 듯 과장되게 미소 지으면서. 매번 그렇다. 다른 아이들처럼 보윤이는 잘 지내고 있으며, 다른 부모님들도 아주 많이 영유아를 맡긴다고. 다른 누군가를 들먹이며 언니를 안심시키려 든다. 아마 언니의 과호흡이 재발한 원인 중 하나.

그런데, 보윤이가 좀 불안해하는 것 같아요. 못 하게 해도 계속 엄지손가락을 빨고, 낮잠 자고 일어나면 숨이 넘어갈 때까지 울어요. 낯선 사람을 보면 스트레스 때문인지…… 토를 하기도 하구요. 원래 처음에는 엄마랑 떨어져 있는 게 익숙지 않아서 다들 그런 경향이 있긴 한데, 보윤이는 정도가 좀 심각해서요. 집에서 더 많이 안아 주시고 신경 써 주셔야 할 것 같아요.

상담이 끝나 갈 때쯤 담임선생님이 말했다. 나는 보윤이의 손을 잡고 확인했다. 엄지손가락이 쭈글쭈글했다. 조금씩 커지는 호흡 소리에 언니에게 가까이 다가갔다. 내 품에 안긴 보윤이가 칭얼거리며 언니의 어깨를 잡아당겼지만, 언니는 뒤돌아보지 않았다.

선배의 전화를 받은 건 그 순간이었다. 정적을 깨고 내 벨 소리가 복도에 울려 퍼졌다. 한 손으로 힘겹게 휴대폰을 꺼내며 밖으로 나갔다. 이따 다시 걸겠다는 말을 꺼내기도 전에, 선배가 말했다. 긴히 할 말이 있으니 서울에 한번 올라오라고.

선배는 교수님이 이어 준 인연이다. 졸업을 앞두고 진행한

진로 상담에서 조명 디자이너가 되고 싶다 했더니 처음에는
뉴욕 파슨스 대학원 이야기가 나왔다. 한 학기에 3만 달러.
심지어 생활비가 포함된 액수도 아니다. 파슨스는 유학생에겐
장학금도 안 준다. 국가장학금을 받지 못하면 다음 학기부터
당장 휴학해야 하는 내게 그런 돈이 있을 리 없었다. 나는
대답하지 못하고 웃기만 했다. 그러자 나온 것이 이미 졸업해
조명 디자이너로 일하고 있던 선배의 연락처였다.

　우리는 압구정의 한 카페에서 만났다. 선배는 미디어
파사드를 제작하는 회사의 디자이너였다. 띠 파사드. 얼마
전 게임 회사와 협업 작업을 한 프로젝션 매핑으로 화제가
됐던 회사였다. 한복을 입은 캐릭터들이 말 위에서 활을 쏘며
광화문을 뛰어다녔다. 그 이야기로 물꼬를 튼 상담은 늦은
오후부터 저녁까지 계속됐다.

　물론 외국 물 먹으면 안 좋을 거야 없지. 근데 요즘 한국
조명 뜨고 있는 거 알지? 굳이 유학 안 가도 돼.

　그렇게 말하는 선배는 정작 유학을 다녀온 사람이었지만.
어쨌든 우리는 공통된 관심사를 가지고 있었고 선배는 자신을
드러내고 도움을 베푸는 일에 거리낌이 없는 사람이었다.
그날 이후에도 우리는 자주 만났다. 만남의 횟수만큼 대화의
범위와 깊이도 비례했다. 4학년을 앞두고 취직처를 물색하던
내게 인턴직을 제안해 준 것도 선배였다. 팬데믹으로 인해
결국 무산되었지만……. 어쩔 수 없이 나는 졸업 유예를
신청하고 서울 자취방을 정리해야만 했다.

　그 후 오랜만에 보는 얼굴이었다. 초밥을 먹으며 서로의

홀로틀의 포옹

안부를 물었다. 요즘 언니는 괜찮으시냐는 물음에 잠시
고민하다가 그냥 고개만 끄덕였다. 너도 힘들겠다. 선배는
더 묻지 않고 금세 본론을 꺼냈다. 전에 무산되었던 인턴직
제안이었다.

언제부터 출근인데요?

이게 프로젝트 때문에 구하는 거라, 다음 달부터 바로
출근하면 돼.

아…… 다음 달?

나 이번에 룸메이트 구하고 있거든. 나랑 같이 살든가. 월세
반반, 어때?

다음 달이라는 말에 바로 언니 생각이 났다. 언니의 복직과
어린이집 봄방학 기간이 맞물린 사흘이 있었다. 그동안 내가
보윤이를 봐 주기로 약속했는데. 나는 선뜻 대답하지 못하고
망설였다. 우리 집 사정을 다 알고 있는 선배는 재촉하지 않고
일단 가자며 자리에서 일어났다.

선배의 차를 타고 향한 곳은 서울 외곽에 위치한 덕마
미술관이었다. 얕은 언덕의 야외 정원 너머 위치한 미술관은
정문에서도 꼭대기가 보였다. 불이 꺼진.보조 건물들과 달리
환히 불이 켜져 있었다. 나목들 사이로 구름 낀 밤하늘이
보였다. 두꺼운 구름 사이로 달이 사라졌다 나타났다. 야외
정원을 통과하자 본 건물 계단이 나왔다. 한 걸음 올라서는데,
건물 외벽에 프리다 칼로의 자화상이 떠올랐다.

이번에 우리 회사가 전시회 프로젝션 매핑 맡았거든.
오늘은 실물 테스트하는 날이고. 전에 네가 프리다 칼로

좋아한다 했던 거 생각나서.

　미술관 앞에 카메라를 든 사람들이 몇 있었다. 실물
테스트 기록 중인 듯했다. 같은 회사 동료들인지 선배는 잠시
구경하고 있으라 말하며 그들에게 다가갔다. 인사를 나누는
사람들을 뒤로하고 나는 건물을 바라봤다. 위로 갈수록
넓어지는 사다리꼴 건물 외벽 아래 일정한 간격을 두고
프로젝터가 설치되어 있었다.

　자화상 속 프리다 칼로의 어깨를 넘어온 검은 고양이가
프리다 앞을 거닐었다. 반대편의 검은 원숭이도 연신 잘게
고개를 흔들며 두 손을 비벼 댔는데, 유려하게 이동하는
고양이와 달리 버벅거렸다. 가까이 다가가자, 프리다의 왼쪽
어깨 부근이 약간의 틈을 두고 갈라져 있는 게 보였다.

　그림이 바뀌었다. 커다란 갈색 손과 다육식물이 뒤덮은
손목 어귀에 웅크리고 누운 검은 강아지. 「우주와 대지와
나와 디에고와 세뇨르 홀로틀의 사랑의 포옹」이었다.
언니가 해외 직구로 포스터를 구매하고, 내가 액자에 넣어
간접조명을 달아 거실에 전시해 둔 작품이다.

　낮과 밤으로 이루어진 우주 여신의 손이 천천히 열렸다가
다시 닫혔다. 달과 해도 천천히 공전했다. 검은 강아지
홀로틀은 달의 움직임을 따라 우주 여신의 손을 넘나들었다.
달이 제자리를 찾을 때면 홀로틀은 다시 손목 어귀에 몸을
웅크렸다가, 공전이 시작되면 기지개를 켜며 일어났다.
그때마다 홀로틀은 갈라진 틈새로 사라졌다가 다시
나타나기를 반복했다. 나는 홀로틀이 사라진 틈새의 잿빛

외벽을 매만졌다.

　오차가 있어서 그래.

　왔어요?

　계산을 잘못했나 봐. 굴곡에 따라서 다른 위치와 각도로
설치해야 하는데, 물론 그래도 못 잡는 부분이 있어서 투사
거리 조절로 최대한 맞아 보이게 조절해야 하거든.

　그러면 프로젝터 설치도 다시 해야겠네요.

　내일 해야지. 다음 달부터 너도 같이하고.

　나도 그러면 좋죠……. 근데 언니가 다음 달에 복직이라서.

　그렇구나.

　우리는 말없이 정면을 응시했다. 홀로틀이 기지개를 켜고
있었다. 언니가 내게 임신 소식을 알렸던 날. 당황한 나는 차마
언니를 바라보지 못하고, 그림에만 시선을 고정하고 있었다.
다시 서울로 돌아가면서 나는 선배에게 무작정 전화를 걸었다.
누구에게라도 털어놓고 싶은 마음에 충동적으로 저지른
일이었다. 그렇구나. 그때도 선배는 별다른 첨언 없이 그렇게만
말했고, 고속버스터미널로 나를 마중 나왔다.

　테스트가 끝났는지, 프로젝터가 꺼지고 그림이 사라졌다.
잿빛 외벽으로 돌아온 미술관을 뒤로하고 우리는 주차장으로
향했다.

　주제넘다는 거 아는데. 언니는 스스로 선택한 거고, 언니의
희생은 어쩔 수 없는 일이지만…… 너는 어때?

　난 네가 이번 기회를 놓치지 않았으면 좋겠어. 야외 정원을
통과하면서 선배가 말했다.

내가 프리다 칼로를 좋아하게 된 것은 언니의 영향
때문이었다. 언니는 프리다와 관련된 서적을 발견하는 대로
모두 사서 읽었다. 나는 그 정도까지는 아니었다. 애정의
차이만큼 좋아하는 이유도 달랐다. 나는 디에고, 언니는
프리다의 전차 사고 때문이었다. 전차 사고를 이야기할 때마다
나는 언제나, 우리 부모님을 태우고 추락한 비행기와 어린
나를 돌보던 자신의 20대를 언니가 떠올리고 있을 거라고
확신하곤 했다.

프리다 칼로의 포스터가 도착한 날이었다. 미리 주문해 둔
액자에 넣어 텔레비전 뒤에 걸었다. 그 위에 내가 고른 간접
조명등을 설치했다. 레일을 설치하지 않고 양면테이프로 액자
틀 밑에 붙이기만 하면 되는 간단한 제품이었다. 뭘 이런 걸
나를 불러서 하냐며 핀잔하면서도 나는 신중하게 위치를
잡았다. 나 보고 싶었나 봐? 장난치듯 물었더니 언니가
당연하다며 고개를 끄덕였다.

정중앙을 찾기 위해 길고 얇은 조명을 이리저리 움직여
보면서, 나는 언니에게 왜 이 그림을 제일 좋아하냐 물었다.
언니는 약간 상기된 얼굴로 입을 열었다.

「우주와 대지와 나와 디에고와 세뇨르 홀로틀의 사랑의
포옹」은 디에고가 처제 크리스티나와 바람을 피우던 시절
그려졌다. 가장 가까운 자매와 남편에게 배신을 당한
프리다의 상처를 나타내듯 목에는 깊은 자상이 있다. 대지

홀로틀의 포옹

여신의 목과 가슴에도 비슷한 흉터가 있다. 가뭄이 든 땅처럼
갈라진 여신의 가슴 끝에는 모유 한 방울이 매달려 있다.
그와 비슷한 핏빛 방울 장식이 프리다의 왼쪽 가슴팍에도
달려 있다. 깊은 자상과 모유, 절망과 희망.

강인하잖아. 상처받고도 포용하려 했던 점이 좋아.

언니는 프리다의 고통과 삶을 견뎌 낸 태도를 이야기하기
시작했다. 전차 사고부터 세 번의 유산까지. 자주 들어
익숙한 이야기였다. 나는 대충 고개만 끄덕이며 조명 설치에
집중했다. 그때 언니가 대뜸 말했다.

근데 나 임신했어.

액자 옆면에 케이블을 고정한 뒤 플러그를 꽂을
때쯤이었다. 손을 뚝 멈추고 언니를 돌아봤다. 언니는
미혼이었고, 내가 알기로는 비혼주의자였다.

……결혼한다는 거야?

아니? 애만.

한국에서 어떻게 그게 가능해?

괜찮은 사람이었어. 성격도 좋고, 폭력성도 없고, 그래서
내가 부탁했고 그 사람은 들어줬고, 끝.

언니는 기쁜 기색이었다. 나는 그 반대였다. 축하의
말을 듣고 싶어 하는 것 같았지만 쉽게 입이 떨어지지
않았다. 언니는 자신이 미혼모가 아닌 비혼모이며, 자발적
선택이었다고 덧붙였다.

그러나 사람들은 언니의 결심과는 상관없이 언니를
미혼모로 대우할 것이다. 누군가는 문란한 성생활을 즐기다

양기연

책임감 없이 일을 친 사람으로, 그래서 정상적인 엄마의
역할을 다해 주지 못하고 아이를 외롭게 하는 나쁜 년으로
언니를 지레짐작할 것이다. 그걸 차치하고라도 출산은 신체에
심한 부담을 준다. 이전으로는 절대 돌아올 수 없다. 또
언니의 커리어에도 타격이 가겠지. 배우자도, 시어머니도,
친정 엄마도 없이 혼자 어떻게 아이를 돌보려는 걸까. 굳이
그런 길을 선택할 필요가 있을까. 대체 왜? 걱정과 의문,
그리고 약간의 서운함이 들끓었다.

언니에게 카네이션을 선물했던 그동안의 어버이날이
머릿속을 스쳐 지나갔다. 결국 나는 아무 말도 꺼내지 못한
채 작업을 마무리했다. 전원을 켜자 그림 위로 주백색 조명이
쏟아졌다. 액자 틀이 평평하지 않았는지, 프리다의 하얀
치맛자락에 LED 전구가 비쳐 보였다.

팬데믹이 시작되고 얼마 안 있어서 언니는 보윤이를
낳았다. 나는 서울 자취방을 정리하고 언니 집으로 내려갔다.
언니가 산후조리원에 있는 동안 이모가 보호자 역할을 해
주었다. 보호자 한 명을 제외하곤 누구의 방문도 허락되지
않던 때라, 나는 집에서 기다리면서 육아에 관련된 정보들을
찾아보았다. 아이가 좋다거나 예뻐서는 아니었다. 입사가
무산되면서 시간적 여유가 생겼고, 또 내가 아니면 마땅히
함께 봐 줄 사람이 없어서이기도 했지만…… 나는 언니의
사고였다.

부모님이 돌아가시고 우리는 이모에게 위탁되었다.

언니는 바로 다음 해에 대학 기숙사에 들어갔지만,
당시 초등학생이었던 나는 갈 곳이 없었다. 이모는 좋은
사람이었다. 군식구를 떠맡게 된 상황인데도 구박하지
않았다. 사촌과 나는 같은 학교에 다녔고 같은 방을 썼다.
분기별로 같이 옷을 사 줬고 내가 말하기도 전에 사촌과 같은
준비물을 챙겨 줬다. 이모는 최선을 다했다.

　그럼에도 취직 후 나를 데리러 온 언니를 바로 따라간
이유는 간단했다. 소외감. 나는 내가 이모네 가족에게
불가피하게 던져진 돌덩이라는 사실을 잘 알고 있었다. 이모는
내색하지 않았지만 먼저 말을 붙이는 법이 없던 이모부와
사촌은 잘 숨기지 못했다. 그들을 원망하지는 않았다. 당연한
일이다. 나는 단란한 수조에 던져진 수석이었다. 이미 가득
차 있던 수조를 넘칠 듯 말 듯 아슬아슬하게 만들고, 빼내고
싶지만 선물 받은 돌덩이여서 함부로 없애기엔 꺼림칙한 그런
존재.

　당시에는 사회 초년생인 언니가 나를 양육하면서 느꼈을
부담감을 의식하지 못했다. 많이 먹고 많이 갖고 싶어 하는
중학생을 키운다는 건 그야말로 밑 빠진 독에 물 붓기다.
비행기 사고 사망보험금은 지금 살고 있는 아파트를 사는
데에 모두 들어갔다. 우리에겐 그 외에 물려받은 유산 같은
것도 없고, 지원해 줄 보호자가 있지도 않았다. 언니는 다
혼자 해야만 했다. 경제적 문제가 아니더라도, 언니 혼자
감당해야만 했을 부담감은 다양했을 것이다.

　어렴풋이나마 그 사실을 깨달은 건 성인이 되고 난

이후였다.

어떻게 나를 데리고 올 생각을 했어?

약속했었잖아. 널 데리고 나오겠다는 생각은 항상 하고 있었어.

언니는 이모 집 소파 이야기를 꺼냈다. 이모와 이모부, 사촌이 앉으면 꽉 차던 3인용 소파. 언니는 그곳에 자신이 앉는 게 왠지 부당한 일처럼 느껴졌다고 말했다. 그 말을 듣고 보니 매번 베란다에 등을 기대고 앉아 있던 언니의 모습이 떠올랐다. 소파에 앉으려는 내 팔을 붙잡고 옆으로 끌어당기던 모습도.

하루는 학교 끝나고 집에 돌아왔는데, 네가 나처럼 베란다에 등을 기대고 앉아 있더라. 거기 앉아서 이모부를 보고 있더라고. 이모부가 강진이 귀를 파 주고 있었어. 옆에 앉은 이모는 손에 휴지를 얹은 채 텔레비전을 보고 있었고. 기숙사에 들어가서도 가끔 그 생각을 했어. 널 빨리 데리고 나와야겠다 싶었지.

그렇게 말하면서 언니는 내 머리를 쓰다듬었다. 그렇게 나를 데리고 나와서 후회한 적은 없었어? 사실 정말 묻고 싶은 질문은 따로 있었지만, 하지 않았다. 그때 우리는 나란히 소파에 앉아 있었고, 그게 좋아서 나는 그냥 웃고 말았다.

산후조리원에서 퇴원한 언니는 자주 젖몸살을 앓았다. 면역력 문제로 습진과 피부염도 생겼다. 원래는 감기 한번 쉽게 걸리지 않던 언니였다. 석 달이 지나도록 회음부가 잘

아물지 않아서 걸음걸이도 바뀌었다. 전보다 예민해진 언니는
사소한 일에도 날카롭게 반응했다. 몸도 아프고 호르몬
문제일 테니까, 하면서 이해하고 참기 위해 노력했지만
가끔은 나도 같이 화가 났다.

　하루는 내가 친구들과 술을 먹고 왔더니 거실에 있던
언니가 방문을 쾅 닫고 들어갔다. 다음 날까지도 싸늘한
얼굴로 입을 열지 않았다. 그러면서도 죽으로 해장하는 나를
위해 야채죽을 끓여 주었다. 식탁 위에 팔꿈치를 괴고 그릇만
쳐다보며 식사하는 언니에게 대체 또 뭐가 문제냐고 물었다.
언니는 말하지 않으려 했다. 계속 캐물었더니 수유 때문에 술
못 먹는 거 알면서 그 정도 배려도 못 해 주냐고 벌컥 짜증을
냈다. 그걸 내가 어떻게 알아. 알려 주지도 않았으면서. 정말로
몰랐던 나는 당혹스럽기도 하고 어이도 없었지만 턱 끝까지
올라온 말을 겨우 삼켰다. 그럼 더 서러워할 테니까.

　그날 저녁 무알코올 맥주를 사 왔다. 하이트 제로와
클라우드 제로. 알코올 0.0퍼센트와 0.00퍼센트에
차이가 있다는 걸 그때 처음 알았다. 1퍼센트 이하 소량의
알코올은 0.0으로 표기할 수 있대서 성분표를 꼼꼼히
읽었다. 부스럭거리며 검은 봉지에서 맥주를 꺼내 언니 앞에
나열했다. 제대로 보지도 않고 야차 같은 표정을 짓던 언니는
내 설명을 듣고 나서야 좀 풀어진 얼굴을 했다. 안 먹는다고
팅기길래 그러면 다 갖다 버리겠다고 말했다. 그제야 어쩔 수
없다는 듯 언니가 캔을 땄다.

　좀 밍밍하다.

　　　　　　　　　　　　　　　　　　　양기연

잔말 말고 먹어라.

그제야 좀 미안했는지 진짜 입 다물고 먹기만 하는 언니가 웃겨서 좀 웃었다. 언니는 또 안 먹겠다고 으름장을 놓으면서도, 무알코올 맥주 캔을 끝까지 비웠다.

나한테는 자주 신경질을 냈지만, 언니는 보윤이에게 만큼은 절대 화를 내지 않았다. 자고 있을 때 보윤이가 울음을 터트리면 퉁퉁 부은 얼굴로 같이 울기는 했지만. 그러다가도 고개를 흔들며 자리에서 일어나 어기적어기적 걸음을 옮겼다.

가끔 언니가 내게 바라는 무조건적인 배려가 서운한 순간들도 있었다. 나는 보윤이를 같이 만든 배우자도 아니다. 그래도 어쨌든 참은 이유는 바로 그 모습들 때문이었다. 버거운 상황을 버티기 위해 이를 악물어 불거진 턱이나, 과호흡을 진정시키기 위해 코와 입을 틀어막던 손바닥 같은 것들. 그걸 보는 게 힘들어서 아르바이트를 갈 때가 아니면 집에 붙어 언니와 보윤이를 돌봤다.

하지만 이제는 나도 무언가 해야만 했다. 졸업 유예는 최대 기한인 2년을 꽉 채운 작년, 이미 끝났다. 친구들은 하나둘 자리를 잡아 갔다. 나는 그 어떤 경력도 될 수 없는 시간만 하릴없이 보내고 있었다. 보윤이도 언니도 잠든 새벽이면 그런 걱정들에 목이 짓눌리는 기분이었다. 그럼 나도 코와 입을 손으로 틀어막았다. 언니를 혼자 둘 수는 없었다. 보윤이는…… 귀엽고 예뻤지만, 언니 없이 보윤이만 있었다면 이 집에 머무르지 않았을 것이다. 나는 가끔 보윤이를 원망했다. 불같은 질투를 느끼기도 했다.

너 한 번 키워 봤으니까 마냥 괜찮을 줄 알았는데.

……

취직 어그러진 거…… 네겐 안된 일이지만 내겐 행운이었던 것 같아.

또 젖몸살로 앓아누웠던 날, 따뜻한 수건을 만들어 오는 내게 언니가 말했다. 네가 있어서 다행이라고.

선배와 헤어지고 집으로 돌아가는 길 내내 그 말을 곱씹었다. 땀에 젖은 이마를 하고 느릿하게 입을 열던, 모로 누운 언니의 얼굴도.

보윤이를 데리러 가기 위해 집을 나서는데, 문을 열자마자 와인색 티셔츠를 입은 중년 여성과 마주쳤다.

누구세요?

베이비시터 면접 보러 왔어요. 보윤이 어머니세요?

아뇨, 저희 언니가…….

동생이시구나? 이번에 서울에 가신다는?

여자가 넉살 좋게 웃었지만 나는 마주 웃지 못했다. 절로 인상이 찡그려졌다. 언니가 말한 게 분명했다. 어떤 맥락에서? 그건 알 수 없었지만, 왜인지는 어렴풋이 느껴졌다. 어쩌면 이 순간을 위해서.

그동안 동생이 고생을 많이 했어요.

안방에서 나온 언니가 내 팔을 토닥이며 말했다. 20분만

양기연

늦게 돌아와 줘. 힘들겠지만 부탁할게. 부드러운 목소리로
그런 부탁을 하면서 언니는 여자를 데리고 안으로 들어갔다.

선배의 제안을 언니에게 전한 이후 쭉 저런 식이었다. 당장
다음 달부터 일하게 될지도 모른다고 말하자, 보윤이에게
줄 사과를 채 썰고 있던 언니는 손을 멈추고 크게 숨을
들이마셨다. 거친 호흡이 이어지다가 결국 손으로 입을
틀어막았다. 가까이 다가가 등을 어루만졌다. 언니는 몸을
비틀어 빠져나갔다. 직접 말로 하진 않았지만, 언니가 서운함
혹은 배신감을 느끼고 있음을 그 행동을 통해 알 수 있었다.
며칠 동안 몇 번이고 결정을 번복하며 고민하다가 겨우
물어본 건데. 전이라면 함께 기뻐하며 지지해 줬을 거라는
생각에 속이 비틀렸다.

조금 더 있다가 갈 수는 없는 거야?

겨우 진정한 언니가 말했다. 조금 더. 그때부턴 내가 숨이
막혔다. 그럴 수는 없다고 생각했지만, 막상 입이 열리지
않았다. 언니는 다시 사과를 채 썰었다. 탁탁탁탁. 도마 위에
식칼 부딪히는 소리가 신경질적이었다. 칼질 소리가 질타하는
말로 들려서 나는 자리를 피했다.

다음 날 아침 언니는 김치 불고기를 만들었다. 보윤이의
이유식을 만들고 남은 재료들로 대충 만든 게 아니었다.
얼떨떨하게 식탁에 앉자 언니는 가만히 기다리라며 밥을 퍼
주고 물을 떠다 주었다.

그동안 힘들었지. 이제 베이비시터를 구하려고 해.

언니는 더 이상 내게 신경질을 내지 않았다. 더 이상 시키지

않고 부탁했다. 부드러운 목소리로 다정하게 나를 토닥이면서.
내가 미안해할 일이 아니라고 생각하면서도 나는 어쩔 줄
몰랐다. 자꾸만 마음이 약해졌다. 언니가 무엇을 바라고
있는지 알았다. 알았지만, 언니가 원하는 대답은 차마 나오지
않았다.

  친구들과 놀다가 엎어져 울었다는 보윤이는 얼굴이 퉁퉁
부어 있었다. 품에 안고 걸음을 옮겼다. 갈 곳이 마땅치
않아서 단지를 천천히 걸었다. 정문에 있는 관리 사무소를
지나는데 보윤이가 버둥거렸다. 바닥에 내려 주자마자 튀어
나가는 보윤이를 급하게 잡았다. 쭉 뻗은 보윤이의 손가락을
따라 시선을 옮기니 관리 사무소 문 앞, 목줄에 묶인 강아지
한 마리가 있었다. 경비원이 키우는 강아지일까, 아니면
누가 잃어버린 강아지를 보호 중인 걸까. 흰색 몰티즈가
으르렁거렸다.
  이를 드러낸 강아지가 무섭지도 않은지 자꾸 가까이
다가가려는 보윤이의 손을 단단히 잡았다. 가자고 해도 말을
듣지 않아서 그냥 쪼그리고 앉아 다리 사이에 보윤이를
넣었다. 한참 짖던 몰티즈는 우리가 가지 않자 곧 멈췄다.
하지만 뒷다리를 벌리고 선 채 우리를 노려보며 경계를
늦추지 않았다.
  보윤이는 어느새 엄지를 빨고 있었다.
  보윤이가 분리불안이 좀 있는 것 같아요. 아이들은
양육자의 상태를 기민하게 알아채고, 또 영향받거든요.

아무래도 힘드시겠지만…… 좀 더 신경 써 주세요.

어린이집을 나서는 나를 붙잡으며 당부하던 담임선생님의 말이 떠올랐다. 보윤이에게 영향을 준 것은 언니일까, 나일까. 무엇이 보윤이를 불안하게 했을까. 보윤이 입에서 손가락을 빼냈다. 빗자루를 들고 돌아오던 경비원과 눈이 마주쳤다. 여태 우리를 경계하던 몰티즈는 경비원을 따라 관리사무소 안으로 사라졌다. 작은 창문 너머 경비원이 몰티즈를 안아 드는 모습이 보였다.

아직 20분이 지나지 않아서 근처 벤치에 자리를 잡았다. 칭얼거리는 보윤이에게 목도리를 둘러 주고 바닥에 내려놓았다. 벤치를 잡고 선 보윤이가 화단을 향해 아장아장 걸음을 옮겼다.

보윤이의 분리불안과 언니의 과호흡. 어린이집을 다니기 시작하면서 생긴 일들이다. 어린이집은 불가피한 선택이었다. 언니는 복직을 해서 돈을 벌어야 했고, 내가 혼자서 보윤이를 온전하게 케어할 수는 없었다. 언니는 은근히 원하는 눈치였지만 나는 자신도 없었고, 하고 싶지도 않았다. 언니와 같은 방식으로 나는 보윤이를 사랑하지 못한다. 내가 언니를 사랑하는 방식으로 언니가 나를 사랑하지 못하는 것처럼. 언니가 아니었더라면…… 나는 보윤이를 돌보지 않았을 것이다.

보윤이의 불안감은 언니가 전염시켰다고 처음엔 생각했지만, 어쩌면 나일지도 몰랐다. 나에겐 신경질적으로 굴고 보윤이에겐 한없이 다정한 언니를 보면서 때때로 느끼는 시기나 열등감 같은 것들을 기민하게 눈치챘을지도.

동그랗게 조경된 렐란디 나뭇잎을 쥐어뜯으며 움직이는
보윤이를 눈으로 쫓았다. 보윤이는 또래보다 발육도 빨랐다.
전에는 한 번도 생각해 본 적 없었는데, 빠른 성장 속도 역시
불안함에서 비롯된 건 아니었을까.

가끔 집에 언니 친구들이 놀러 왔다. 보윤이를 보기
위해서였다. 혼자 애 키우기 힘들지 않아? 언니 친구들이
그렇게 물으면 언니는 잔잔하게 웃는 얼굴로 예상한 일이고,
그래서 마땅히 감내해야 하는 일이라고 대답했다. 전날 내가
물컵 한 번 엎었다고 왜 자기를 이렇게 괴롭히냐며 엉엉
울었으면서. 나는 몰래 코웃음 쳤지만, 그래도 언니가 분명
노력하고 있음을 알았다. 언니는 보윤이에게 최선을 다했다.
크레파스로 벽지에 그림을 그리고, 우리가 잠시 자리를 비운
틈에 빠르게 기어가 변기에 머리를 빠트려도 화내지 않았다.
아직 잘 알아듣지도 못하는 보윤이를 앞에 앉히고 안 되는
이유에 대해서 천천히 설명했다.

하지만 개인의 최선만으로는 충족되지 않는 영역이
있다. 어린이집에 들어갈 때 내야 했던, 아버지가 없는
가족관계증명서와 원하지 않는 담임선생님의 호의 같은 것들.
나의 침묵 역시도.

보윤이는 어떤 어른이 될까. 나는 눈치를 보지 않는 삶,
부채감이 없는 삶을 상상할 수 없었다. 너도 3인용 소파를
바라보며 타이밍을 측정하는 삶 따위를 살게 될까.

고개를 뒤로 젖혔다. 하늘은 여전히 파랬지만 해가 지고

양기연

있어 눈이 부시지는 않았다.

보윤이의 울음소리가 들렸다. 벌떡 자리에서 일어났다.
보윤이는 화단 근처에 주저앉아 있었다. 달려가자, 보윤이가
손을 내밀었다. 침으로 쭈글쭈글한 엄지손가락에 가시가
잔뜩 박혀 있었다. 주변을 둘러보니 화단 바로 앞에 나열된
다육식물 화분들이 보였다.

움직이지 못하도록 보윤이의 두 손목을 잡고 품에 안아
집으로 달렸다. 급하게 문을 열고 들어갔다. 면접이 끝났는지
식탁에 홀로 앉아 있던 언니가 벌떡 일어나 다가왔다.

손에 선인장 가시가 박혔어.

뭐? 왜?

화단에 화분 있는 걸 못 봤어. 내가 잠깐 한눈판 사이에
만진 것 같아.

정색하고 나를 바라보던 언니는 보윤이가 우는 소리에
정신을 차린 듯 거실 서랍장으로 향했다. 나는 신발도
벗지 못하고 현관에 쪼그리고 앉아 보윤이의 손을 잡았다.
움직이지 못하게 끌어안고 작은 두 손을 앞으로 내밀었다.
언니가 핀셋으로 가시를 빼내기 시작했다. 하나씩 뽑힐
때마다 보윤이가 자지러졌다.

병원 안 가도 되는 거야?

일단 뽑아 보고, 안 되면 가야지.

눈에 보이는 가시를 모두 뽑고 살 밑에 파묻힌 가시는
카드로 살살 밀었다. 보윤이가 격하게 버둥거릴 때마다 머리
위에서 현관 등이 깜빡였다. 나는 보윤이를 더 꼭 안았다.

다행히 깊숙이 박힌 가시는 없었다. 내내 울던 보윤이는 약을 바르고 대일밴드를 감자 서서히 울음을 그쳤다.

언니가 빼앗듯 보윤이를 데려갔다. 품에 안고 거실을 거닐며 등을 토닥였다. 어깨에 얼굴을 묻고 훌쩍거리던 보윤이는 지쳤는지 금세 잠에 들었다. 그래도 언니는 멈추지 않고 계속 걸었다. 축 늘어진, 대일밴드가 붙은 보윤이의 손을 주기적으로 들여다보면서. 내 쪽으로는 시선도 주지 않았다.

네 마음대로 해.

언니,

하고 싶은 대로 하라고. 우리는 신경 쓰지 말고.

나는 여전히 신발도 벗지 못한 채 현관에 있었다.

거실을 빙빙 도는 언니 뒤로 프리다 칼로의 그림이 보였다. 전에는 프리다 칼로와 디에고만 중점적으로 보였는데, 지금은 다른 요소들이 눈에 들어왔다.

아기 디에고는 손에 불을 쥐고 있고, 다양한 다육식물들 사이에는 딱 한 그루의 나무가 있다. 가뭄 든 땅처럼 깊게 갈라진 대지의 여신 쇄골 즈음이다. 황폐해진 땅, 고지에 위치한 나무, 모유 한 방울과 불. 전에 언니가 프리다의 세계관은 아스테카 문명과 기독교의 융합이라고 했다. 젖과 꿀이 흐르는 땅이었던 에덴동산과 선악과. 인간 문명의 시작을 상징하는 요소들. 프리다는 열정적으로 사랑했다. 그 사랑에는 디에고뿐만 아니라 자연, 동물, 다른 인간들까지 포함됐다. 깊은 상처를 받은 상황에서도 사랑으로 포용하고자 했던 프리다.

양기연

그리고 홀로틀. 프리다 칼로의 애완견이었다는 검은
강아지. 프리다의 발치에서 스스로를 끌어안듯 옹송그리고
있다. 설치할 때 수평을 맞추지 못해 액자에 비치는 주백색
조명등이 흰 치맛자락과 검은 몸 사이를 갈랐다. 치마가 너무
밝게 빛나서, 홀로틀은 더 동떨어져 보였다. 아무도 몸을 맞대
주지 않아 텅 빈 등. 추워 보였다.

탁, 현관 등이 꺼졌다. 그대로 뒤돌아 집을 나섰다.

고속버스와 지하철을 타고 꼬박 세 시간이 걸렸다. 덕마
미술관은 어둠에 잠겨 있었다. 열려 있는 쪽문으로 들어가
야외 정원을 통과했다. 미리 연락을 받은 선배가 계단에서
나를 기다리고 있었다. 프로젝션 매핑을 다시 한번 보고
싶다는 갑작스러운 전화에 이유를 묻던 선배는, 막상 얼굴을
마주하자 아무것도 묻지 않았다. 금방 켜 주겠다며 선배가
미술관 한편으로 사라졌다.

프로젝터가 켜지길 기다리면서, 나는 아래를 내려다보았다.
높은 지대에 위치한 덕마 미술관은 저 멀리까지 훤히
내다보였다. 붉고 푸른빛으로 얼룩덜룩한 중심가와 달리
미술관 사위는 어둡고 고요했다.

고속버스에서 언니의 메시지를 받았다. 그런 식으로
말하려던 건 아니었어, 로 시작하는 장문의 문자. 천천히 여러
번 읽고 키패드 위에 손을 올렸지만 결국 답장하지 못했다.

적요가 깔린 밤. 등 뒤에서 환한 빛이 쏟아졌다. 나는
뒤를 돌았다. 덕마 미술관의 외벽으로 「우주와 대지와 나와

홀로틀의 포옹

디에고와 세뇨르 홀로틀의 사랑의 포옹」이 떠올라 있었다. 오차를 잡아냈는지, 이번에는 갈라진 틈새 없이 완벽했다.

그림이 움직이기를 기다리면서 자세히 들여다보았다. 우주의 여신은 모든 것을 포옹하고 대지의 여신은 프리다를 포옹한다. 프리다는 디에고를 포옹한다. 그림 속 인물들 품속에 직접 안겨 있는 대상은 각각 한 명씩이다.

그래서, 홀로틀. 결과적으로는 모든 것을 포옹하는 우주의 여신 품에 안겨 있으며 한 프레임에 담겨 있긴 하지만, 프리다의 발치에 웅크리고 있는 홀로틀. 발치가 아니라 디에고가 있는 자리에 자신이 들어가고 싶지는 않았을까. 아마 그랬을 것이다. 그러나 홀로틀은 디에고를 끌어내는 대신 프리다의 발치에 얌전히 웅크리고 앉아 있다. 어쩔 수 없는 일이다. 프리다의 열정적인 사랑의 가장 큰 비중을 차지한 건 디에고였으니까.

달과 해가 공전을 시작할 때쯤 선배가 옆으로 다가왔다.

선배, 같이 살아요.

나야 좋지. 월세 반반.

장난치듯 살짝 웃는 선배를 따라 나도 미소 지었다. 잎사귀를 이불처럼 깔고 누워 있던 홀로틀이 기지개를 켜며 일어섰다. 우주의 여신과 대지의 여신, 프리다 칼로와 세 개의 눈을 가진 아기 디에고, 프리다의 애완견 홀로틀. 그리고 나란히 누워 잠들었을 언니와 보윤이. 달의 움직임을 따라 어슬렁거리는 홀로틀을 바라보면서, 나는 포옹의 층위에 대해 생각했다.

프리다 칼로를 처음 본 건 한 다이어리를 통해서였습니다. 보라색
표지에 프리다의 자화상이 자수로 새겨져 있었죠. 보자마자 온
마음을 빼앗겼습니다. 평생 단 한 번도 끝까지 다이어리를 써 본
적 없는 저는 그 다이어리 역시 채 한 달을 못 썼습니다. 그래도 제
책장에서 계속 굴러다녔고 이사철이 되면 책들과 함께 택배 박스로
들어갔습니다. 언젠가 또 이사 준비를 하면서 결국 그 다이어리를
버렸습니다. 이삿짐센터를 예약하며 예상했던 것보다 박스 개수가
많아져서 어떻게든 짐을 줄여야 했거든요. 표지를 떼어 내고
종이류로 분리수거 하면서, 이건 내가 버리는 게 아니라 잃어버리는
거라고 홀로 중얼거렸던 기억이 납니다. 그래도 프리다 칼로는 제게
남았습니다. 잃어버린 후에도 남는 것들. 이 글에도 그런 것이 있다면
참 좋겠습니다.

숲속에는
축복이

양수빈

커튼을 젖혔을 때 예주 언니는 웃고 있었다. 오토바이를 타고 점심을 먹으러 가던 중 사고가 났다는 문자메시지의 내용과는 달리 너무나 평온한 얼굴이었다. 뒤늦게 문자를 확인한 나는 곧장 언니에게 전화를 걸었다. 언니는 태평한 목소리로 다리가 부러졌는데도 받아 주는 응급실이 없어 고생했다는 말을 늘어놓았다. 여섯 군데를 돌았는데 하나같이 의사가 없어서 안 된다는 거야. 세 시간 동안 뺑뺑이 친 다음에야 겨우 받아 주는 데를 찾았다니까.

"지금은 좀 괜찮아?"

나는 붕대를 칭칭 감은 언니의 왼쪽 다리를 내려다보며 물었다. 언니는 여전히 웃음기를 머금은 얼굴로 어깨를 으쓱였다.

"그럭저럭. 그보다 너도 이거 봐?"

언니가 내게 내민 휴대폰 화면에는 연예인들이 시골에서 농사를 짓고 물고기를 잡아 자급자족하는 예능 프로그램이 재생되고 있었다. 아니, 나는 고개를 가로저었다. 재밌냐고 묻자 언니가 고개를 끄덕였다. 그냥, 재밌게 사네. 사람들이.

"재밌는 거 좋아하는 건 여전하네."

3년 만에 만난 언니는 달라진 게 별로 없어 보였다. 여전히 마른 몸에 긴 머리카락, 재밌으면 뭐든 좋아하는 취향까지. 서로가 바빠 말뿐인 약속만 잡는 동안에도 언니는 종종 내게 문자메시지를 보냈다. 웃긴 영상이나 사진이 대부분이었지만.

"덕분에 당분간 오토바이는 못 타게 됐지, 뭐."

언니가 씩 웃었다. 언니가 웃어서 나도 웃었다.

숲속에는 축복이   87

예주 언니를 볼 때면 한여름 뙤약볕에 노릇하게 구워졌던
내 팔꿈치가 떠오른다. 더불어 아닌 척 내 몸을 위아래로
훑던 시선도. 8년이 지난 지금도 나는 예주 언니가 내게 처음
건넨 말을 기억하고 있다.

열다섯 살이던 7월의 어느 날, 나는 외삼촌네 거실 소파에
앉아 있었다. 그날은 여름방학식 다음 날이었다. 거실 한쪽을
차지한 에어컨에서는 자꾸만 웅웅, 소음이 났는데 큰 소리와
달리 온도는 쉽사리 떨어지지 않았다. 검은 가죽 소파에
앉아 있는 동안 허벅지 아래로 축축한 땀이 고였다. 나는
괜히 자리를 고쳐 앉는 척 엉덩이를 들썩이며 허벅지 아래를
손으로 닦아 냈다. 외삼촌은 반듯하게 자른 카스텔라를
가져와 내게 건넸다. 나는 차가운 포크를 손에 쥔 채 발등에
시선을 고정했다. 참기 힘들 만큼 고소하고 달콤한 냄새가
풍겼지만, 나는 아무것도 먹고 싶지 않았다. 정확히는 입을
벌리고 싶지 않았다. 외삼촌은 안절부절못하며 내 기분을
풀어 주기 위해 연신 말을 이었다.

"여름방학 계획은 세웠어? 조만간 애주 언니랑 외삼촌이랑
셋이 어디 놀러 갈까?"

외삼촌은 '예'를 '애'로 발음하는 습관이 있었다. 애주,
애정이. 엄마는 그게 다 외삼촌 혀가 짧기 때문이라고 했고
아빠는 외삼촌이 사랑이 넘치는 사람이라 그런 거라고 했다.
'사랑 애' 몰라? 그 시절 나는 사랑이라는 단어를 들을

양수빈

때마다 소름이 돋는 아이였다. 친구들이 저마다 누군가를
사랑한다고 고백할 때마다 속으로 헛구역질을 하는 아이.
그래서 나는 나를 부르는 외삼촌의 다정한 목소리가 늘
불편하고 어색했다.

　아빠는 외삼촌을 두고 사랑이 넘치는 사람이라고 했지만,
사실 정말 사랑이 넘치는 사람은 아빠와 엄마였다. 엄마
아빠의 유별난 사랑은 동네에서 유명했다. 엄마는 아빠를
만난 뒤로 신발 끈을 직접 묶어 본 적이 없다고 했다. 아빠는
엄마의 신발 끈을 묶어 주기 위해 인터넷에서 리본 예쁘게
묶는 법을 찾아서 공부했다. 길을 걷다 엄마의 신발 끈이
풀리면 아빠는 주저 없이 무릎을 꿇고 앉았다. 아빠가 예쁜
리본을 만드는 동안 엄마는 아빠의 어깨 위로 손을 올렸다.
적당히 힘을 뺀 상체를 살짝 기울인 채로.

　어릴 적 찍은 사진에서 나는 늘 엄마와 아빠 사이에 서
있었다. 사진을 찍을 때마다 두 사람은 나를 한 발짝 앞에
세웠다. 멀뚱히 정면을 바라보는 내 얼굴 뒤로 엄마 아빠가
맞잡은 손이 보였다. 동네 사람들은 같이 산 세월이 얼마인데
사이가 이렇게 좋냐며, 비결이 무엇이냐고 부러운 듯 묻곤
했다. 그럴 때마다 아빠는 망설임 없이 말했다. 처음 만난
날로부터 6,300일이 지났지만 여전히 처음 만났던 날의
감정을 간직하고 있을 뿐이라고. 누군가는 민망하다는 듯
시선을 돌리고, 누군가는 웃으며 주책이라 말하는 그 사랑을
위해서 두 사람은 나를 3개월간 외삼촌네 맡기기로 결정했다.

　엄마 아빠가 숲 난임 센터의 팸플릿을 집에 들고 온 것은

숲속에는 축복이　　　　　　　　　　　　　　　　　89

6월이었다. 나는 한 달 만에 이 모든 것을 계획한 두 사람의
실행력에 놀랐다. 일종의 경의마저 느껴졌다. 중학생 딸을
남동생에게 맡기고 3개월간 가정을 떠날 결정을 내리는 것이
어디 평범한 일이란 말인가?

"물론 쉽게 내린 결정은 아니야. 그만큼 그곳에 들어갈
기회를 어렵게 얻은 거라는 사실만 알아줬으면 좋겠다."

양평 중미산 근처에 자리한 숲 난임 센터는 개인
휴양림으로 운영됐던 곳을 새롭게 개조해 만든 곳이었다.
8,000평에 달하는 부지 안에 숲 족욕탕과 편백나무 산책로,
그 산책로 옆길을 따라 흐르는 계곡물이 있음을 자랑스레
묘사했다. 무엇보다 중요한, 예비 부모들이 입소 후 머무를
'나무집'은 총 열두 채였다. 열두 집에는 모두 나무 이름이
붙었다. 자두나무, 앵두나무, 유자나무, 매실나무, 살구나무,
체리나무, 무화과나무, 블루베리나무, 레몬나무, 호두나무,
감나무, 밤나무. 모두 열매를 맺는 나무라는 사실을 뒤늦게
깨닫고는 속이 매스꺼워졌다. 난임 센터에 그보다 적합한
이름이 또 있을까?

숲 난임 센터에 사람들—엄마 아빠 같은—이 몰리는 이유는
아름다운 자연경관 때문만은 아니었다. 나는 붉은 글씨로
쓰인 문장을 눈으로 훑었다. '우리 숲 난임 센터는 세 가지를
거부합니다. 하나, 배란촉진제. 둘, 인공수정. 셋, 시험관시술.'
그 아래에는 이런 문장도 있었다.

'난임의 가장 큰 원인은 환경호르몬과 스트레스입니다.
난자 채취를 위해 찔러 넣은 주삿바늘로 시커멓게 멍든

양수빈

배, 시험관 주사 약물이 주는 고통에서 해방될 수 있는 유일무이한 이곳은 바로 숲 난임 센터입니다. 우리 센터의 목적은 약이나 시술의 도움 없이 두 사람의 의지를 기반으로 자연의 섭리를 따라 완벽한 사랑의 결실을 맺는 것입니다. 클린한 자연의 품 안에서 규칙적인 생활을 통해 건강한 아이를 낳는 것만이 우리의 기쁨입니다.'

나는 팸플릿을 내려놓았다. 뒷장에 하루 일과표도 있는데. 아빠가 덧붙인 말을 나는 못 들은 척했다. 아주 체계적이더라. 오전 6시부터 밤 11시까지의 계획이 다 정해져 있어. '무화과나무' 집으로 배정받았다고 말하는 아빠는 연신 웃는 얼굴이었다.

"꼭 가야 돼?"

나도 모르게 말이 튀어나왔다. 아빠가 눈을 동그랗게 뜬 채 나를 빤히 보았다. 나는 괜스레 팸플릿의 모서리를 손톱으로 긁으며 중얼거렸다. 왜 하필 지금이야. 나 중2잖아. 엄마 아빠 나이도 많고. 한참 말이 없던 아빠가 내 어깨를 조심스레 감싸 쥐었다.

"엄마가 6년 동안 공부 많이 했거든. 이제 정말 준비가 된 것 같다고, 이번엔 정말 잘해 보고 싶다는데 어떡해."

엄마 아빠가 기어코 나를 외삼촌네에 두고 떠난 그날, 예주 언니는 오후 9시를 훌쩍 넘기고서야 현관문을 열고 들어왔다. 가슴 아래로 내려오는 긴 생머리를 풀어 헤친 언니는 엉덩이를 전부 덮을 정도로 품이 큰 반팔 티셔츠를

입고 있었다. 외삼촌은 언니에게 무슨 말을 하려는 듯 입술을
달싹였다가 나를 힐끔 바라보고는 입을 꾹 다물었다. 한 시간
전, 끈질긴 전화 시도에도 불구하고 끝내 언니가 응답하지
않자 화를 내는 외삼촌의 모습을 나는 못 본 척했다.

　"인사해라. 둘 다 작년 설에 보고 처음이지?"

　외삼촌이 내 어깨를 감싸며 말했다. 나는 멋쩍게 손을
흔들었다. 고개를 숙이기엔 언니와 내 나이 차이는 고작 두
살뿐이었고 안녕이라는 인사를 건네기엔 어색했으니까. 명절
때마다 얼굴을 보긴 했지만, 우리는 두 마디 이상 대화를
나누어 본 적이 없었다. 언니는 만사 귀찮은 얼굴로 휴대폰을
만지작거리거나 텔레비전만 봤다. 예주 언니는 나를, 힘없이
흔들리는 내 팔을 잠시 물끄러미 바라보았다. 그러고는 그 말,
내가 8년 동안 잊지 못할 말을 뱉었다.

　"너 팔꿈치 존나 까맣다."

　잠깐의 정적이 흘렀다. 내 눈치를 살핀 외삼촌이 부러 큰
소리로 말했다. 까맣긴 뭐가 까매. 아빠보다 훨씬 하얗구먼.
예주 언니는 그 말에 보란 듯이 팔을 올려 흔들었다. 언니의
팔꿈치는 새하얬다. 얼핏 분홍빛이 도는 것 같기도 했다.
아주 매끄럽고 보드라워 보이는 그 팔꿈치를 나는 홀린 듯
바라보았다. 곧이어 그해 여름, 예주 언니에게 많은 것을
배우게 될지도 모르겠다고 생각했다. 'Babie lock star'라는
오타투성이 문구가 새겨진 티셔츠를 입은 언니를 보며 어째서
그렇게 예감했는지는 지금도 모르겠지만.

　"애주 말은 잊어버리렴. 아마 진심도 아닐 거야. 애주가

　　　　　　　　　　　　　　　　　　　　양수빈

원래 저렇게 뾰족한 애는 아닌데……. 누구보다 예쁘게 말할
줄 알면서 일부러 저러는 거야. 작년 그 일로 아직 나한테
심술이 나 있거든. 아, 애정이도 엄마한테 대충 들었지?"

외삼촌이 어색한 웃음을 흘렸다. 외삼촌이 말한 '그 일'은
외삼촌과 외숙모의 이혼임이 분명했다. 엄마는 처음에 두
사람이 이혼했다고 말하는 대신 거리를 뒀다고 얘기했다.
완전히? 아니면 잠깐? 아빠가 조심스레 물었다. 엄마는
완전히, 라고 힘주어 말했다. 난 처음부터 걔가 마음에 안
들었어. 중호는 걔가 첫 연애였는데 걔는 만난 남자만 대체
몇 명이야. 한참을 헐뜯던 엄마가 불현듯 예주 언니 이야기를
꺼냈다. 고향으로 돌아간 외숙모 대신 외삼촌이 언니를
키우기로 했다는 말을 나는 두 사람의 대화에서 엿들을 수
있었다. 아무래도 애 교육 환경으로는 서울이 더 좋으니까.
중호가 또 책임감이 강하잖아. 아빠가 이해한다는 듯 고개를
끄덕였다.

외삼촌 집에 머무르는 동안 나는 언니와 같은 방을 썼다.
외삼촌 집에는 방이 세 개나 있었지만, 하나는 외삼촌이
사용했고 남은 방 하나는 온갖 잡동사니로 가득해서 감히
그 방을 쓰고 싶다는 말조차 꺼낼 수 없었다. 누군가와 같은
방을 쓰는 건 처음이었기 때문에 나는 긴장했다. 외동이었던
나는 주로 혼자 시간을 보냈다. 엄마 아빠는 함께 외출하는
일이 잦았고 하교 후 집에 돌아오면 집 안은 늘 텅 비어
있었다. 우려와 달리 언니는 내게 친절했다. 우리가 한 침대에
처음 누웠던 그날, 언니는 내게 팔꿈치가 하얘지는 방법에

대해 알려 주었다.

　"흑설탕과 우유를 일대일 비율로 섞은 다음에 팔꿈치에
올리고 작은 공을 굴리듯 문지르면 돼. 중요한 건 박박 긁어
내는 게 아니라 부드럽게 롤링하는 거야."

　나는 그 말을 머리 깊숙한 곳에 새겼고 이후 좋아하는
사람이 생길 때마다 그 이야기를 들려주었다. 중요한 건
부드럽게 롤링하는 거야. 롤링. 그 말을 할 때마다 따뜻한
물을 천천히 삼켰을 때처럼 가슴 전체로 뭉근한 온기가
퍼져 나갔다. 살면서 여러 명에게 언니의 비법을 전수해
주었지만 실제로 해 봤다는 사람은 단 한 명밖에 없었다.
그 사람은 팔꿈치를 들어 보인 뒤 내 귓가에 입술을 가까이
붙여 물었다. 어때요? 좀 하얘진 것 같나요? 나는 그와 2년을
만나다 헤어졌다. 헤어지던 날 그는 내게 말했다. 아프지 마.
그러다 곧장 말을 바꿨다. 아니, 아파도 돼. 아프라는 말은
아니지만 어쨌든…….

　그날 밤 언니와 나는 밤늦도록 대화를 나누었다. 언니는
내가 외삼촌네에 맡겨진 이유를 궁금해했다. 나는 망설였다.
그것에 대해 말하고 싶지 않아서가 아니라, 너무 많은
이야기를 해야만 해서였다. 고민 끝에 입을 열었다. 우리 엄마
아빠는 직업이 없어. 거기서부터 이야기를 시작하려고 했는데
언니가 너무 놀라는 바람에 그만두었다. 직업이 없는데
어떻게 너를 키워? 어둠 속에서 언니의 무구한 눈동자가
빛났다. 그러게, 두 사람은 어째서 2년째 휴학 중인 대학원을
졸업하는 일이나 직장을 구하는 것보다 아이를 만들

　　　　　　　　　　　　　　　　　　　양수빈

생각을 먼저 할 수 있었던 걸까? 음, 잘 모르겠다. 아마도
외삼촌이라는 비빌 언덕이 있어서? 외삼촌이 엄마에게 그간
적지 않은 돈을 빌려줬다는 이야기를 언젠가 엿들은 적이
있었다. 게다가 외삼촌네와 우리 집은 지하철로 한 시간이면
갈 수 있는 거리에 있었다. 그 말은 즉, 엄마가 외삼촌에게
언제든 부탁하러 갈 수 있었다는 뜻이다. 다음에 엄마
아빠한테 직접 물어볼게. 대체 무슨 정신머리로 그런 결정을
내렸던 거냐고. 나는 그 말을 뱉는 대신 작게 웃었다. 언니가
뭐가 그리 웃기냐고 되물을 때까지.

8년 전 여름에 대해 고백하고 싶은 게 하나 있다. 바로
내가 언니에게 파견된 감시자였다는 사실이다. 안전한
공간과 따뜻한 관심의 대가로 감시를 의뢰받은 생존형
감시자. 우습지만, 만일 언니가 아니었다면 나는 끝내 내가
감시자였다는 사실을 눈치채지 못했을 것이다.

당시 야근이 잦은 직장에 다니던 외삼촌은 퇴근 시간
무렵이 되면 내게 전화를 걸었다. 밥은 먹었니? 애주 언니가
잘 챙겨 줬니? 먹고 싶은 게 있으면 언제든 애주한테 시켜
달라고 하렴. 걱정하지 말고. 나와 언니가 개학한 후에도
마찬가지였다. 옆에 애주 있니? 아직 더우니까 에어컨 끄지
말고 시원하게 있으렴. 나는 어른의 상냥함엔 면역이 없어서
외삼촌 앞에선 언제나 솔직하게 입을 열게 되었다. 나는 밥을

먹었으나 예주 언니는 밥도 거르고 잠만 잔다는 얘기나, 예주 언니가 밤늦게까지 누군가와 문자메시지를 주고받느라 피곤해 보인다는 이야기, 이따금 요의를 느껴 새벽에 잠에서 깨면 언니가 책상 앞에 멍하니 앉아 있곤 한다는 사실까지도 몽땅.

물론 외삼촌에게 미처 하지 못한 이야기도 있었다. 이를테면 언니가 외삼촌이 선물한 이어폰을 패스트푸드점 쓰레기통에 버리고 왔다는 이야기나 더는 기차가 다니지 않는 버려진 선로에 몇 시간씩 누워 있었다는 이야기들. 하루는 언니가 비에 쫄딱 젖어 돌아온 적이 있었다. 언니의 긴 머리카락에서 빗방울이 뚝뚝 떨어졌다. 나는 서둘러 수건을 꺼내 언니의 어깨 위로 둘러 주었다. 언니는 몸에 고인 물방울을 닦지 않고 내버려두었다. 방바닥이 금세 흥건하게 젖었다. 왜 비를 피하지 않았냐는 내 물음에 언니는 비를 맞아 보고 싶었다고 대답했다.

"직접 해 봐야만 깨닫게 되는 것들이 있어."

내가 고개를 갸우뚱거리자, 언니는 너도 언젠간 알게 될 거야, 라고 중얼거렸다.

주말이 되면 외삼촌은 오전 8시쯤 일어나 식사를 준비했다. 언니는 늘 배가 고프지 않다는 이유로 외삼촌이 차린 아침을 거부했다. 외삼촌은 언니를 설득하는 데 실패하곤 미리 세팅해 두었던 수저 한 쌍을 치웠다. 그게 매주 반복되었다. 나와 함께 아침을 먹는 내내 외삼촌은 작은 목소리로 근 몇 년간 언니에게 일어난 크고 작은 사건들을 들려주었다. 중학교

양수빈

졸업식 날 말도 없이 사라졌다가 맨발로 집에 돌아온 일이나
체육복을 세 번이나 잃어버리는 바람에 여벌 체육복을
두 벌이나 더 구매했던 일에 대해 듣는 동안 나는 말없이
고개만 끄덕였다. 외삼촌의 이야기 속 언니는 머리가 커질수록
쌀쌀맞게 변한 애, 속을 모르겠는 애로 자주 정의되었다.

　외삼촌의 말과 달리 내게 언니는 분명한 사람이었다.
오랜만에 만난 사촌 동생에게 팔꿈치가 검다는 말을 불쑥
꺼낼 수 있는 데다 종일 비를 맞아 지독한 몸살감기에 걸려
며칠을 고생해도 후회하지 않는다고 말하는 사람. 언니는
내게 자기 컴퓨터를 언제든 써도 좋다고 허락해 주었고
잠자리에 들 때면 바람이 내 얼굴로 향하지 않도록 선풍기
위치를 조정해 주는 사람이었다. 침대 안쪽 자리를 내주면서
벽에 붙어 자면 안정감이 들지 않냐며 웃었고 어둠에
익숙해져 서로의 얼굴을 구분할 수 있게 될 즈음엔 몸을
모로 틀고 나를 바라보았다. 언니는 내 어깨를 쿡쿡 찌르며
자냐고 물었고 내가 아직이라고 대꾸하면 내 왼쪽 귀에 대고
귓속말을 시작했다. 그쪽으론 어떤 소리도 들을 수 없다는
사실을 알릴 타이밍을 놓치는 바람에 나는 언니가 마음껏
비밀을 털어놓도록 내버려둘 수밖에 없었다. 물론 일방적인
귓속말보다 대화를 주고받는 날이 더 많기는 했다. 그럴 때면
나도 언니를 향해 몸을 돌려 누웠다. 언니는 멀리 가고 싶다고
자주 말했다.

　"어디 가고 싶은데?"

　"몰라. 그냥 존나 먼 곳."

나는 손톱 옆에 난 거스러미를 이로 잘근잘근 씹으며
물었다.

　"외숙모한테?"

　언니는 못 들을 말을 들었다는 듯 눈살을 찌푸렸다.

　"아니. 그냥 아무도 없는 존나 새로운 곳으로 갈 건데."

　아무도 없는 새로운 곳. 그건—당시 내게 가장 먼
곳이었던—미국이나 유럽보다 허황된 느낌이었지만 그래서
매력적이었다. 언니의 이야기를 듣다 보면 나 역시 어딘가로,
너무 멀어서 감히 가고 싶다는 생각조차 할 수 없는 곳으로
가고 싶어졌다. 이를테면 급성 뇌수막염을 앓던 아홉 살의
내가 있는 그 집으로. 그날, 외할머니가 외출한 엄마 아빠
몰래 나를 병원에 데려가지 않았다면 나는 한쪽 청력보다 더
많은 것을 잃었을지도 모른다. 뒤늦게 병원에 도착한 엄마는
간호사에게 달려가 애한테 무슨 약을 쓴 거냐고 따졌다고
했다. 어찌나 집요하게 굴던지. 외할머니는 돌아가시기
직전까지도 그날을 떠올리면 고개를 절레절레 저었다. 엄마는
두 눈 가득 고인 눈물을 차분히 닦아 낸 뒤 간호사에게
말했다. 우리 애는 태어난 이래 쭉 몸 공부 중이라서 다른
애들처럼 약에 찌들지 않았어요. 그래서 매번 자연 해열에
성공했고, 이번에도 섣불리 해열제를 먹이지 않았다면 알아서
열이 내렸을 거예요. 잠시만요. 간호사가 엄마의 말을 자르곤
되물었다. 몸 공부요?

　이따금 생각한다. 내가 급성 뇌수막염에 걸리지
않았더라면, 병원에서 나를 치료하지 않았더라면, 후유증으로

　　　　　　　　　　　　　　　　　양수빈

왼쪽 귀의 청력을 잃지 않았더라면 나는 몇 살까지 몸 공부를 해야 했을까?

"학교 다니니까 어때? 공부는 할 만하니? 무슨 과목이 제일 어렵니?"

초등학교에 입학한 후 어른들이 그렇게 물을 때면 나는 마음속으로 몸 공부요, 하고 대답했다. 몸 공부는 제일 쉬우면서도 어려운 공부였다. 엄마와 아빠는 몸 공부란 전적으로 내게 달려 있다고 말했다. 머리가 뜨거워지거나 기침이 멈추지 않거나 온몸이 으슬으슬 춥게 느껴질 때마다 꾹 참는 것만이 공부를 잘하게 되는 비법이라고 했다. 물론 엄마 아빠에게도 막중한 임무가 있었다.

"우리라고 쉬운 일은 아니었어. 병원에 가자고 우는 너를 보고도 참아야만 했으니까. 얼마나 안쓰러운지 나중엔 눈물이 다 났는데, 그래도 견뎌야지. 방법이 없는걸. 그렇게 혼자 앓아야만 네가 네 몸을 공부하게 되고 자연 치유가 된다는데 어떡하니."

엄마, 나 아파요. 머리가 뜨거워요.

내가 발갛게 달아오른 얼굴로 엄마를 찾으면 엄마는 내 이마를 한 번 짚어 보고는 예정이 몸 안에서 병사들이 싸우고 있나 보다, 말하곤 했다.

"예정이 몸에 나쁜 바이러스가 들어가면, 예정이 몸을 지키는 병사들이 그 바이러스를 무찌르려고 싸우거든? 그래서 열이 나는 거야. 이걸 잘 견뎌야만 건강한 사람이 되는 거야."

"그냥 병원에 가면 안 돼요?"

말없이 나를 무릎에 앉힌 엄마가 내 얼굴을 쓰다듬었다.

"엄마가 몸 공부 할 때는 어떻게 해야 한다고 그랬지?"

"집에서 가만히 있어야 한다고 했어요."

나는 머뭇대며 말했다. 엄마가 만족스럽게 웃었다. 엄마가 시원하게 해 줄게. 차가웠던 엄마의 손은 금세 미지근해졌다. 나는 엄마의 가느다란 손가락 사이사이에 얼굴을 문지르며 찔끔 눈물을 흘렸다. 이제 숯가루 먹을까? 엄마가 물으면, 내가 가장 좋아하는 노란색 물컵을 든 아빠가 다정한 미소를 지으며 다가왔다.

엄마와 아빠의 태도가 달라진 건 내가 왼쪽 귀의 청력을 회복할 방법이 없다는 선고를 받고 퇴원한 날부터였다. 그날 이후 두 사람은 내가 아프다고 하면 곧바로 약을 주었고, 병원에 가고 싶다고 요청하면 군말 없이 내 손을 잡고 병원에 데려다주었다. 아침마다 먹으라고 강요했던 숯가루 달인 물도 더는 주지 않았고, 주말마다 두 시간씩 갖던 광합성 시간도 사라졌다. 내가 무얼 먹는지, 몇 시간이나 자고 하루에 대소변은 몇 번씩 보는지 체크하던 노트도 더는 펼쳐 보지 않았다. 그 모든 것들이 이렇게 한순간에 사라질 수 있다는 사실에 나는 충격을 받았다. 그렇게 6년이 흐르는 동안 나는 우리 가족이 그 시간에서 완전히 벗어났다고 생각했다. 왼쪽 귀를 내어주고 남들 같은 시간을 얻게 된 거라고 믿었다.

하지만 아빠가 숲 난임 센터의 팸플릿을 들고 왔던 날, 비로소 나는 깨닫게 되었다. '사랑 충만한 관계를 통해 갖는

양수빈

더 건강한 아이, 깨끗한 자연 속에서 이루어지는 내추럴한 임신 과정, 무통 주사 없는 출산으로 온전히 받아들이는 고통의 찬란함.' 팸플릿에 적혀 있던 홍보 문구처럼 두 사람이 완전무결한 아이를 원하고 있었다는 것을 말이다. 이미 병원의 손을 타 약에 찌들어 버린 데다 자연 치유에도 실패한 내가 아니라. 다시 처음부터 제대로 시작하기 위해서. 그들이 바라는 건 그것뿐일지도 모르겠다는 확신이 들었다.

엄마와 피가 섞인 친형제라는 사실이 의심될 만큼 외삼촌은 엄마와 달랐다. 외삼촌이 바라는 건 오직 언니의 안전뿐이라고 했다. 그저 안전한 사람들과 어울리며 안전한 곳에서 안전한 음식을 먹고 안전하게 집으로 돌아오기만 하면 된다고도. 애정아, 부탁 하나 해도 될까? 외삼촌의 물음에 나는 고개를 끄덕였다. 애주가 어디에서 누구를 만나는지, 누구와 연락하는지 삼촌에게 알려 줄 수 있을까? 나한테는 맨날 숨기거든. 잔소리할까 봐. 세상이 이렇게 흉흉한데 걔는 겁도 없지. 외삼촌의 선한 웃음과 입가에 팬 주름을 보며 나는 알겠다고, 그렇게 하겠다고 순순히 대답했다. 외삼촌은 얼굴에 띤 미소를 지우지 않은 채 내 밥그릇 위에 반찬을 올려 주었다. 그건 내가 먹지 않는다고 했던 가지무침이었지만, 나는 군말 없이 수저를 들어 입안 가득 넣었다.

"솔직히 말해 봐. 너 우리 아빠 스파이지?"

언니는 내가 외삼촌에게 보낸 문자메시지가 뜬 휴대폰

화면을 흔들며 물었다. 그 질문을 받았던 날은 내가 두 달
만에 처음으로 아빠와 통화한 날이기도 했다. 전자파가
정자를 파괴한다는 센터 소장의 말에 따라, 숲 난임 센터의
입소자들은 그곳에 머무는 동안 휴대폰을 모두 반납해야만
했다. 정해진 시간에 일어나서 식사하고 운동하다 다시 잠에
드는 건강한 사람들. 엄마 아빠와 통화하기 위해선 만 19세
이상의 성인 보호자를 통해 센터의 허락을 받아야만 했다. 두
사람이 숲 난임 센터에 입소하던 날, 내가 먼저 연락하는 일은
절대로 없으리라 다짐했다. 그러나 아무리 기다려도 내게
걸려 오는 전화는 없었다. 결국 나는 엄마 아빠와 통화하고
싶다고 외삼촌에게 부탁했다. 외삼촌은 나 대신 센터에
전화를 걸어 아빠와의 통화 시간을 예약해 주었다. 애정이가
삼촌 부탁 잘 들어줘서 삼촌도 애정이 부탁 들어주는 거야.
알지? 외삼촌이 웃으며 말했다.

　여기 참 좋다, 예정아. 아빠가 인사 대신 말했다. 아빠의
목소리는 평소보다 한 톤 높게 들렸다. 아빠는 피톤치드를
온몸으로 받아들여서인지 요즘 몸이 무척 가뿐해졌다는
말을 장황하게 늘어놓았다. 나는 잠자코 아빠의 말을 들었다.
엄마도 이전보다 컨디션이 훨씬 좋아졌다고, 살도 빠지고
피부도 맑아졌다는 이야기를 이어 가던 아빠가 불쑥 입소
기간을 석 달 더 연장하기로 했다는 소식을 알린 것은 통화가
시작된 지 5분쯤 지났을 때였다.

　"아기 천사가 아직 지상에 내려오기 겁나나 봐."

　수화기 너머로 아빠의 웃음소리가 들렸다. 아빠의

목소리에는 약간의 아쉬움과 머쓱함을 이길 정도의 기대감이
배어 있었다. 등에 흰 날개를 단 벌거숭이 아기 이미지가
눈앞을 둥둥 떠다녔다. 문득 무서운 가정 하나가 떠올랐다.
두 사람이 계속해서 숲 난임 센터에서의 생활을 연장하면
어떡하지? 한 달에 200만 원이나 되는 치료비를 내기 위해
집안의 돈을 탕진하고 외삼촌이나 친척들에게 야금야금 돈을
꾸면서, 숲 난임 센터 홈페이지 대문에 박힌 문장처럼 '산의
정기와 땅의 촉감, 바람의 냄새를 온전히 느끼면서 사랑'하여
'숲의 축복을 받아 건강하고 완벽한 아이를 갖기' 위해서.
오로지 그것만을 위해서 산다면…… 어떡하지?
　나는 언니의 차가운 얼굴을 마주하며 외삼촌이
언니를 얼마나 걱정하고 사랑하는지에 대해 더듬더듬
늘어놓았다. 적어도 외삼촌은 딸을 두고 훌쩍 떠나는 사람은
아니었으니까. 언니 곁에 꼭 붙어선 언니만을 생각하고 있는
사람이니까. 외삼촌은 언니를 감시하기 위해서가 아니라
걱정하기 때문에 내게 어렵게 부탁한 거라고 덧붙인 뒤
나는 두 눈을 꼭 감고 언니의 처분을 기다렸다. 존나 지가
뭘 안다고. 나지막이 중얼거리는 언니의 목소리가 들려왔다.
온몸이 바들바들 떨렸다. 밤마다 언니와 나누는 이야기들,
존나 먼 곳을 상상하고 바라는 시간을 잃게 될까 봐 나는
두려웠다. 너무 두려운 나머지 눈물이 찔끔 새어 나왔다.
간신히 눈을 떴을 때, 언니는 두 달 전의 그날처럼 무심한
얼굴로 나를 쳐다보고 있었다. 이윽고 언니가 무거운 입을
열었다.

"숲 난임 센터."

언니의 입에서 나온 뜻밖의 단어에 나는 얼어붙었다.

"고모랑 고모부가 거기 있는 거야? 그래서 네가 우리 집에 와 있는 거고?"

나는 얼떨떨하게 고개를 끄덕였다. 그제야 언니의 컴퓨터를 빌려 사용했을 때, 검색 기록을 지우는 걸 깜빡했음을 깨달았다. 얼굴이 붉게 달아올랐다. 엄마 아빠가 나를 외삼촌네에 두고 간 이유가 '그것' 때문이라는 걸 언니에게 들켰다는 사실에 수치심이 몰려왔다. 하는 수 없이 나는 숲 난임 센터에 대해 털어놓았다. 그곳의 폐쇄적이고 엄격한 규칙 때문에 외삼촌이 아니었다면 절대 통화하지 못했을 거라고 이야기했을 때 언니가 미간을 찌푸리며 물었다.

"대체 그런 곳에 왜 가신 거야?"

왜냐고? 나는 눈을 깜빡였다. 눈가에 맺혀 있던 눈물이 마룻바닥 위로 똑똑 떨어졌다. 머리를 가득 채운 생각들로 눈앞이 어지러웠다. 언니의 말이 귓가에 메아리치는 것만 같았다. 그 순간 떠오른 말을 정리할 새도 없이 더듬더듬 내뱉었다.

"축복……."

언니가 어리둥절한 얼굴로 나를 바라봤다.

"축복받으려고."

나는 가방 깊숙한 곳에 숨겨 두었던 팸플릿을 꺼내 언니에게 건넸다. 언니는 팸플릿을 꼼꼼히 읽었다. 여기 존나 웃긴다. 마지막 장까지 찬찬히 살핀 언니가 헛웃음을 지었다.

양수빈

"야."

언니가 나를 빤히 바라보며 입을 뗐다. 우리 여기 가 볼래?
어느새 우리는 형사와 용의자가 아니라 공범이 된 기분으로
서로를 마주 보고 있었다. 언니가 팸플릿을 흔들었다. 수없이
넘겨 본 탓에 모서리가 하얗게 닳고 바랜 팸플릿이 언니의
손안에서 힘없이 팔랑였다.

"아빠는 전화만 하게 해 줬지만 나는 너 여기 데려다줄게.
그럼 너 이제 내 스파이 하는 거다?"

언니의 입꼬리가 유려하게 호선을 그렸다. 그 미소가 너무
완벽해서 나도 모르게 고개를 끄덕이고 말았다.

언니가 나를 아침 일찍 깨운 것은 유난히 바람이 차갑게
느껴지던 시월의 어느 날이었다. 오늘이야, 가자. 언니는
흥분돼 보였다.

"어딜?"

"거기. 숲 난임 센터."

그 말에 눈이 번쩍 떠졌다. 그때까지 나는 숲 난임 센터에
가 보자고 했던 언니의 제안을 진지하게 받아들이지 않고
있었다. 언니라면 존나 말도 안 되고 존나 웃긴다는 말처럼
그저 우스운 이야기로 치부하고 넘겨 버렸을 거라고.
무엇보다 그날 이후 언니가 별다른 언급을 하지 않았기
때문에 나 또한 그 말이 내 안에서 잊히도록 내버려두던

숲속에는 축복이   105

차였다.

"학교는 어쩌고?"

"땡땡이치면 되지."

"그래도 돼?"

"안 될 게 뭐 있어."

식탁 위에는 외삼촌이 출근 전 준비해 두고 간 샌드위치
두 개가 놓여 있었다. 언니는 샌드위치에는 눈길도 주지 않고
외삼촌 방에서 돈을 찾아 나왔다. 마음대로 가져가도 돼?
걱정스레 묻자 언니가 어깨를 으쓱해 보였다. 어차피 없어진
것도 모를걸? 아빠는 돈을 아무 데나 두거든. 그러고는
아무렇지 않은 얼굴로 외투 주머니에 돈을 쑤셔 넣었다.

그 돈으로 우리는 지하철과 택시를 탔다. 우선 지하철을
타고 양평역까지 간 다음 역에서 내려 택시를 잡았다. 출근
시간이 지난 평일 낮인데도 지하철에는 사람이 많았다.
처음에는 양복을 입거나 세미 정장을 입은 사람들이
대다수였지만, 목적지에 가까워질수록 알록달록한 등산복을
입은 사람들로 지하철 칸이 가득 찼다. 그들은 산을 타기도
전에 하산하면 먹을 술과 음식에 대해 떠들어 댔다. 나는
등산용 스틱을 든 사람들 사이에 끼어 앉은 한 가족을
물끄러미 바라보았다. 엄마로 보이는 여자가 울상을 짓고
있는 여자아이의 손을 잡아끌어 자기 무릎 위에 앉혔다.
대여섯 살 정도 돼 보이는 여자아이는 어리광을 부리듯
여자의 가슴팍에 얼굴을 비비적댔다. 여자 옆자리에 앉은
남자가 아이의 작은 손을 부드럽게 주무르며 끊임없이 말을

양수빈

걸었다. 괜찮아? 아빠가 안아 줄까? 곧 내릴 거야. 내려서
네가 좋아하는 목말 태워 줄까? 배 많이 아프면 병원부터
갈까? 내게는 남자의 목소리가 들리지 않아서, 나는 마음껏
그 목소리를 상상할 수 있었다. 여자아이는 계속 고개를
가로저었다. 그들은 어린이공원이 있는 역에서 내렸다.
나는 여자아이의 긴 머리카락을 묶은 붉은 리본 끈을 빤히
쳐다보았다. 지하철 문이 닫힐 때까지.

　언니는 능숙하게 손을 흔들어 택시를 잡았다. 거울로
언니와 나를 힐끔거리던 택시 기사가 질문을 쏟아부었다.
둘이 거긴 왜 가? 꽃구경 가? 꼬치꼬치 캐묻던 택시 기사는
언니가 별다른 대꾸를 하지 않자 더는 말을 걸지 않았다.
어른이 묻는데 대답을 안 해, 기지배들이. 택시 기사가 낮게
읊조린 말을 나는 애써 못 들은 척하며 창문을 살짝 내렸다.
목적지에 가까워질수록 창밖의 풍경이 조금씩 바뀌었다.
시월의 선선한 바람이 창문 틈새를 비집고 들어왔다. 나는
눈을 감고 팸플릿에서 본 숲 난임 센터의 설명 문구를
떠올렸다. 맑고 청량한 공기, 푸르른 나무와 입자가 고운
흙, 예쁜 소리로 우는 산새들과 밤하늘을 가득 채운 별. 그
안에서 마음껏 사랑을 나누는 사람들.

　"공기도 안 좋은데 창문 열지 맙시다."

　큰 소리로 말한 택시 기사가 버튼을 눌러 창문을 굳게
닫았다.

　경비원 초소는 본래 휴양림의 매표소였을 것이다. 지붕이

둥근 오두막 모양 초소 안에는 군청색 유니폼을 입은
경비원이 턱을 괸 채 꾸벅꾸벅 졸고 있었다. 쉿. 입가에
검지를 붙인 언니가 허리를 낮췄다. 우리는 초소 앞을
조용히 지나쳤다. 나는 잔뜩 구겨진 팸플릿을 손에 꼭 쥔 채
걸었다. 팸플릿에는 입구에서부터 양옆으로 울창하게 자란
편백나무가 반겨 줄 거라고 했는데, 실제론 울창한 느낌이
전혀 들지 않았다. 편백나무는 일정하지 않은 거리를 두고
듬성듬성 자라 있었다. 아스팔트 도로에 심어진 가로수들처럼
깔끔하고 정제된 모양도 아니었다. 저게 정말 편백나무이긴
한 걸까? 다른 나무였대도 나는 알아차리지 못했을 것이다.
여기가 날로 처먹는 곳이라는 증거지, 저게. 언니는 잎이
누렇게 변해 버린 편백나무를 가리키며 혀를 끌끌 찼다.
시원한 향이 난다는 설명과 달리 지나면서 슬쩍 맡아 본
나무에서는 정체를 알 수 없는 비릿한 냄새가 풍겼다.

　짧은 편백나무 길이 끝나는 지점에 내부 지도가
그려진 안내판이 세워져 있었다. 주 펜션동으로 이용했던
건물을 로비로 사용한다는 사실을 알고 있었지만, 우리는
'나무집'이라는 단어가 적힌 표지판이 가리키는 방향으로
걸음을 옮겼다. 납작한 돌바닥을 깐 길에는 미처 치우지
못한 듯, 나뭇잎들이 우수수 떨어져 있었다. 간밤에 비라도
왔던 모양인지 축축이 젖은 나뭇잎에 가려진 돌바닥은 몹시
미끄러웠다. 자칫하면 넘어질 것만 같아서 나는 발가락에
잔뜩 힘을 실어 조심조심 걸었다.

　"로비에 안 들러도 될까?"

"가면 안으로 못 들어가게 할걸."

"엄마 아빠를 찾아왔다고 해도?"

우뚝 걸음을 멈춘 언니가 몸을 돌려 나를 바라보았다.

"그런데 너 어쩔 거야?"

나는 어리둥절해져 언니의 얼굴을 응시했다.

"고모부랑 고모 만나면 어쩔 거냐고. 같이 나가자고 할
거야?"

말문이 막혀 발끝으로 시선을 내렸다. 만나서 무슨 말을
할지, 그런 것 따위 생각해 본 적이 없었다. 나는 그저,
두려웠다. 엄마 아빠에게 정말 두 번째 기회가 올까 봐.
그러나 막상 입 밖으로 나온 건 모르겠다는 말뿐이었다.
언니가 한숨을 내쉬었다. 일단 가서 얼굴 보면 뭐라도 답이
나오겠지. 직접 봐야만 깨닫게 되는 것들이 있으니까. 언니가
혼잣말처럼 중얼거렸다. 나는 고개를 끄덕이며 언니 옆에 딱
달라붙어 섰다.

한참 걷던 우리는 '야영장'이라고 적힌 낡은 표지판을
발견했다. 팸플릿에 새겨진 지도를 뚫어지게 살폈으나
야영장이라는 단어는 어디에도 없었다.

"여기 원래 휴양림이었다고 했지? 그때 흔적일까?"

언니가 물었다. 그 말을 증명하듯, 우리는 곧 전구가 깨진
채 버려진 미니 랜턴과 녹슨 분리수거함을 발견했다. 근처를
빙빙 돌며 '나무집'의 위치를 가늠해 보는데, 갑자기 언니가
내 손목을 잡아 이끌었다. 분리수거함 뒤로 급히 몸을 숨긴
언니를 따라 나도 언니 옆에 쪼그리고 앉았다. 영문을 몰라

숲속에는 축복이

고개를 살며시 내밀고 주위를 둘러보던 그때, 말소리가
들렸다. 흰색 옷을 입은 남녀 두 명이 손을 잡고 걸어오는
모습이 보였다. 그들은 서로를 마주 보며 연신 웃음을
터뜨렸다. 그러다 여자가 남자의 목덜미를 끌어안았다.
남자의 손이 여자의 허리를 감쌌다. 그들은 또다시 작은
소리로 웃었다. 그들의 코끝이 닿았다 떨어졌다. 웃음이 점점
잦아들었다. 잠시 주변을 기웃거리던 남자가 여자의 귓가에
무어라 속삭였다. 눈을 내리깐 여자가 느릿하게 고개를
끄덕였다.

　남자가 옆구리에 끼고 있던 흰 담요를 펼쳤다. 그가
보드랍고 깨끗해 보이는 담요를 바닥에 정성 들여 까는 동안,
여자는 머리카락을 묶은 끈을 풀었다. 검은 끈을 손목에 끼운
여자가 담요를 구김 없이 펼치느라 무릎을 꿇고 앉은 남자의
등을 물끄러미 보았다. 담요의 네 귀퉁이에 작은 돌멩이를
올려 고정한 남자가 여자의 손을 부드럽게 잡아당겼다.
그들은 담요 위에 나란히 누웠다. 담요 밖으로 두 사람의
발이 삐죽 튀어나왔다. 주변은 매우 고요했고, 소오-소오-
하고 기이하게 울던 새소리도 들리지 않았다. 내 귀에 와 닿는
것은 오로지 두 사람의 목소리뿐이었다.

　"베개가 필요해?"

　"아니, 괜찮아. 있으면 더 좋았겠지만."

　"담요를 말아서 허리 아래에 대 줄까?"

　"아니, 괜찮아. 대신 자세를 바꾸고 싶어."

　그들은 끊임없이 속삭이며 담요 위에서 몸을 움직였다.

　　　　　　　　　　　　　　　　　　　양수빈

작은 숨소리와 거친 숨소리, 날카로운 신음과 만족한 듯한
탄성이 이어졌다. 잠시 후 그들은 질척한 흙이 묻어 더러워진
담요를 툭툭 털어 낸 뒤 곱게 접었다. 담요를 옆구리에 끼워
넣은 남자가 여자의 손을 잡았다. 여자는 잡힌 손을 빼지
않았다. 그들은 왔던 길로 되돌아갔다. 발소리가 완전히
사라진 후에야 나와 언니는 허리를 펴고 분리수거함 밖으로
몸을 내밀었다. 멍한 얼굴로 서 있던 언니가 허리를 둥글게
말고는 속을 게워 냈다. 언니는 깜짝 놀라 등을 두드리는 내
손을 거칠게 떨쳐 냈다. 나는 어찌할 바를 모른 채 발만 동동
굴렀다. 노란 위액까지 전부 토해 낸 언니가 침을 퉤 뱉었다.
  "가자. 고모랑 고모부 찾으러."
  언니는 옷소매로 입가를 세게 문질렀다.

  우리는 남자와 여자가 사라진 반대 방향으로 걸었다. 길게
자란 잡초가 발목 부근을 간지럽혔다. 걷는 내내 헛기침을
하던 언니가 작게 읊조렸다. 나 체한 것 같아. 언니의 얼굴이
창백하게 질려 있었다. 아무것도 먹은 게 없는데 체할 수가
있나? 의문이 들었지만 언니의 안색이 너무 좋지 않았기에
나는 걸음을 멈췄다. 아무래도 잠깐 쉬는 게 좋겠어. 언니의
말에 나는 주위를 둘러보았다. 우거진 나뭇잎 사이로 삐죽
튀어나온 진회색 지붕이 보였다.
  황토색 벽돌로 지어진 작은 건물은 야영장과 마찬가지로
예전 휴양림의 흔적인 듯 인기척 하나 없이 고요했다.
창틀에는 먼지가 뽀얗게 앉아 있었지만 창유리는 깨지거나

금 간 곳 없이 깔끔했다. 언니가 동그란 문고리를 오른쪽으로
돌렸다. 덜컹대는 소리만 날 뿐 문은 열리지 않았다. 나는
창문 아래 널브러진 간판을 유심히 살폈다. '게르마늄 황토집,
친환경 장수 웰빙 주택.' 그 아래 게르마늄의 열 가지 효능이
작은 글씨로 적혀 있었다. 엔도르핀 생성 촉진 작용으로 인한
통증 완화, 바이오 원적외선 배출로 모세혈관을 확장시켜
혈액 순환 용이, 인체에 유해한 전자파 차단, 체내 노폐물
차단, 고혈압, 당뇨 등 성인병 치유…….

"무슨 만병통치약이야?"

언니가 코웃음을 쳤다.

"우리 집에도 이런 거 있었는데. 게르마늄 팔찌. 아빠가 사
와서는 가족용이라면서 엄마랑 나한테 하나씩 차고 다니라고
줬었어."

"그거 가짜라던데. 다 상술이래."

간판 위에 주저앉은 언니가 손을 뻗어 황토색 벽돌을
더듬으며 말했다. 나는 맞장구를 치며 언니 옆에 엉덩이를
붙였다.

"난 그 팔찌 껴 본 적 없어."

"안 믿어서?"

그것도 그렇고, 나는 잠시 뜸을 들였다.

"끼고 다니다 보면 정말로 믿게 될까 봐 무서워서."

언니가 바람 빠진 소리를 내며 웃었다. 엄마와 아빠는
샤워할 때를 제외하곤 항상 게르마늄 팔찌를 차고 다녔다.
게르마늄 팔찌는 가족용이 아닌 엄마 아빠의 커플 팔찌처럼

양수빈

보였다. 두 사람만의 커플 반지, 커플 목걸이, 커플 신발과 커플 모자나 커플 옷처럼. 나는 그 팔찌를 책상 서랍 맨 아래 칸에 넣어 두었다. 엄마 아빠는 내게 왜 팔찌를 끼지 않느냐고 묻지 않았다. 단 한 번이라도 물었다면, 어쩌면, 나는 서랍을 열었을지도 모른다.

"내가 왜 아빠를 싫어하는지 알아?"

먼지 묻은 손바닥을 바지춤에 쓱 닦아 낸 언니가 물었다. 나는 언니의 옆얼굴을 힐끔대다 고개를 가로저었다.

"아빠는 미쳤거든."

곧이어 언니가 내게 들려준 이야기에는 어떤 밤이 등장했다. 외숙모가 외삼촌을 떠나는 계기가 된 바로 그 밤. 아빠는 여느 때처럼 엄마가 몰래 다른 남자를 만났다고 의심하며 엄마를 몰아붙였어. 언니가 작게 숨을 쉬었다. 언니의 입술 사이로 피어오른 부연 입김이 금세 흩어졌다.

외삼촌은 아니라는 외숙모의 말을 무시했고, 둘은 한참 실랑이를 이어 갔다고 했다. 그러다 어느 순간에, 외숙모는 입을 꼭 다물어 버렸다. 그러자 외삼촌은 중요한 무언가를 잃었다는 사실을 뒤늦게 깨달은 사람처럼 눈을 크게 뜨고 모든 움직임을 멈췄다. 거실을 가득 채운 무거운 침묵 가운데 먼저 몸을 움직인 사람은 외삼촌이었다. 조용히 부엌으로 향한 외삼촌은 과도를 찾아 들었다. 그러고는 외숙모에게 다가갔다. 그 모습을 지켜보던 언니는 깜짝 놀라 방 밖으로 뛰쳐나가려고 했지만, 어째서인지 몸을 움직일 수 없었다며 얼굴을 찡그렸다. 외삼촌은 하얗게 질린 외숙모의 얼굴을

숲속에는 축복이

멀거니 바라보다, 과도를 외숙모에게 넘겼다. 외숙모가
도리질하며 거절하자 억지로 외숙모의 손을 잡고 펼쳐서
과도를 쥐게 했다. 과도를 쥔 외숙모의 손이 덜덜 떨렸고,
외삼촌은 뼈마디가 앙상히 도드라진 그 손을 내려다보다
침울한 표정으로 입을 열었다. 당신 없이 살아야 한다면
차라리 죽는 게 나아. 그러니 나를 찔러. 외삼촌은 울고
있었다. 형광등 아래 눈물 젖은 얼굴이 번들거렸다.

그때였다. 외숙모가 팔을 크게 휘둘렀다. 과도 날이
포물선을 그리며 허공을 가로질렀다. 언니가 질끈 감은
눈을 떴을 때 제일 먼저 본 것은 외숙모의 왼팔 안쪽에
박힌 과도의 손잡이였다. 악! 외숙모가 비명을 지르고 악!
외삼촌이 비명을 지르고 악! 언니는 비명을 지르고 싶었지만
하지 못했다. 과도가 박힌 팔을 감싼 채 주저앉은 외숙모를
재빨리 부축한 외삼촌은 상처 부위를 압박해 지혈하는
동시에 휴대폰을 꺼내 구급차를 불렀다. 머지않아 초인종이
울렸고, 도착한 구급대원들이 외숙모를 부축해 나갔다.
외삼촌은 피 묻은 휴대폰을 주머니에 쑤셔 넣으며 급히 그
뒤를 따라나섰다. 그때까지도 나는 방 안에 있었어. 언니의
목소리는 조금 잠겨 있었다. 두 사람 다 내가 방에 있다는
사실을 잊은 것만 같았어. 어떻게 그럴 수 있었을까? 나는
처음부터 끝까지 그 방 안에 있었는데. 나는 그제야 비명을
질렀어.

악, 언니가 비명 지르는 시늉을 했다.

"그래도 엄마는 정말 똑똑했어. 다리도 배도 아닌 왼팔

안쪽이라니. 심장과 가깝지만 다친다 해도 생명엔 지장이 없는 부위잖아. 아마 엄마는 아빠한테 보여 주려고 했을 거야. 자기는 언제든 심장 근처를 찌를 수 있는 여자라는 사실을 말이야. 다음엔 근처가 아니라 심장을 찌를 수 있다는 암시를 말이야."

나는 말없이 황토색 벽돌 위로 손을 뻗었다. 손바닥이 벽에 닿는 순간, 따끔한 통증이 느껴졌다. 재빨리 손을 떼고 벽을 확인했다. 내가 손을 짚었던 곳에 작은 못 하나가 거꾸로 박혀 있었다. 다행히 피가 나지는 않았다. 무릎을 펴고 자리에서 일어난 언니가 크게 기지개를 켰다. 나는 언니의 마른 뒷모습을 바라보며 외숙모에 대해 생각했다. 과도로 자신의 팔을 찌른 외숙모. 비명을 지르고 주저앉은 외숙모. 똑똑하고 판단력이 빠른 외숙모. 너무 똑똑해서 언니도 남겨 둔 채 떠나 버린 외숙모.

그러나 사실 외숙모는 똑똑한 게 아니라 단지 겁에 질렸던 게 아닐까? 그런 일을 겪은 대부분의 사람이 그러하듯이, 외숙모는 무서웠고 너무 무서워서 다른 건 생각할 겨를도 없이 그런 결정을 내렸던 걸지도 모른다. 나는 주먹을 쥐었다 펴기를 반복하다 언니를 따라 몸을 일으켰다.

그날 우리는 끝내 무화과나무 집을 찾지 못하고 순찰하던 경비원에게 발각되었다. 키가 큰 경비원은 이름과 나이, 사는 곳과 부모님 이름 등을 집요하게 캐물은 후에야 언니와 나를 센터 밖으로 내보냈다. 엄마 아빠를 찾으러 왔다는 항변은 먹히지 않았다. 경비원은 그저 고장 난 로봇처럼 같은 말만 반복했다. 엄마 아빠를 만나고 싶으면 미리 방문 예약을 했어야지. 예약 신청은 매달 1일 자정 홈페이지에서 할 수 있어. 그러니 지금은 돌아가.

경비원 초소 밖에서 우리는 택시가 지나가기만을 기다렸다. 지나가는 택시마다 승객을 태우고 있어서 우리는 30분 가까이 길 위에서 떨어야만 했다. 바람이 불 때마다 바싹 마른 편백나무 잎이 서로 부딪히며 흩날리는 소리가 들려왔다. 골똘한 얼굴로 서 있던 언니가 그런데 말이야, 하고 불쑥 입을 열었다.

"아까 그 숲속의 여자 말이야, 팔에 흉터가 있었는데 봤어?"

"무슨 흉터?"

"왼쪽 팔에 길게 난 흉터 못 봤어?"

나는 고개를 끄덕였다. 입술을 달싹이던 언니가 음, 하고 짧게 신음했다. 나는 신발 앞코를 세워 땅을 툭툭 차며 언니의 다음 말을 기다렸다.

"그 여자 흉터, 엄마가 칼에 찔린 곳과 같은 위치에 있었어."

나는 손으로 목덜미를 꾹 누르며 물었다.

"얼굴은? 봤어?"

언니가 고개를 내저었다.

"아니, 제대로 못 봤어. 그런데 울음소리가 달랐어. 그러니까 아닐 거야."

그 여자가 울었던가? 곰곰이 되짚어 보아도 울음소리는

양수빈

기억나지 않았다. 내가 들은 건 여자의 웃음소리뿐이었다. 찬 바람이 얼굴을 훑을 때마다 나는 두 눈을 꼭 감았다. 그러자 어두운 시야를 밝히듯 숲속에서 뒹굴던 남자의 흰 목덜미가 떠올랐다. 목덜미 정중앙에 난 커다란 점 두 개도. 두 개의 점은 크기도 모양도 똑같았다. 나는 눈을 깜박였다. 그것이 아주 이상하다고 되뇌다가 문득 외삼촌의 집에서 과일을 한 번도 먹은 적이 없다는 사실을 깨달았다.

커튼을 세게 열어젖힌 간호사가 피로한 얼굴로 언니와 나를 번갈아 보았다. 이제 가셔도 될 것 같아요. 수납하고 가시면 돼요. 빠르게 말을 뱉은 간호사는 언니가 채 대꾸도 하기 전에 시야에서 사라졌다. 입원하는 거 아니었어? 어리둥절하게 묻자 언니가 손사래를 쳤다. 요즘 쉽게 입원 안 시켜 주잖아. 치료받고 안정되면 가라고 했어. 언니가 침대 아래 놓여 있던 목발을 짚고 섰다. 부축해 주려는 내 손길을 쉽게 떨구어 낸 언니가 이제야 생각났다는 듯, 그러고 보니 아까 고모랑 고모부 왔다 가셨는데, 하고 말했다.

"엄마랑 아빠가? 언제?"

"너 오기 10분 전쯤 왔다 가셨어. 아빠 지금 친구분들이랑 경주로 여행 갔거든. 내 사고 소식 듣고 득달같이 고모한테 연락한 모양이더라. 나 다리 못 쓰게 되면 어떡하냐고 난리를 쳤대. 두 분 다 놀라서 오셨다가 상태 보고 금방 가셨어."

"외삼촌은 여전하네."

"그러게나 말이다."

언니가 실소 같은 웃음을 터뜨렸다. 외삼촌은 다정한 만큼 참견도 오버도 과한 사람이었다. 외삼촌을 생각할 때마다 나는 여지없이 3년 전 고등학교 졸업식 날로 되돌아가곤 했다. 엄마 아빠도 바쁘다며 오지 못한 졸업식에 어떻게 알았는지 외삼촌이 찾아왔었다. 유난히 향기로운 꽃다발을 사 들고 온 외삼촌은 생화인 줄 알고 샀는데 비누 꽃이더라, 말하며 멋쩍게 웃었다. 어쩐지 장미꽃에서 라벤더 향이 난다 했어. 외삼촌이 덧붙였다. 나는 그 꽃다발을 자취방에 두고는 술에 취해 들어온 밤이면 한 송이씩 뜯어 썼다. 장미 모양을 한 주제에 라벤더 향을 풍기는 그 꽃송이로 손을 씻고 세수하고 발을 닦았다. 딱 한 번, 몸을 가눌 수 없을 정도로 만취해 들어온 날 나는 꽃잎을 손에 쥔 채 그대로 잠들었다. 잠에서 깼을 땐 해도 뜨지 않은 이른 새벽이었다. 눈앞이 핑핑 돌고 귀가 먹먹한 데다 손가락 하나 까딱하기도 힘들었다. 온몸이 무력하게 가라앉는 기분. 아무도 나를 돌보러 오지 않을 거라는 학습된 절망감에 서서히 잠식되어 머리가 멍해진 그때, 손에서 너무도 향기로운 냄새가 풍겼다. 나는 산소호흡기를 주워 끼는 사람처럼 손바닥을 펴 코를 감싼 뒤 숨을 깊게 들이마셨다. 그러자 두려움이 서서히 사그라들었다.

"수납하고 올 테니까 밖에서 만나자."

언니는 서툰 손길로 겨드랑이에 목발을 낀 채 걸었다.

양수빈

그 모습을 잠깐 지켜보다가 나는 벗어 두었던 외투를 입고
응급실을 나왔다. 건조하고 답답한 응급실을 벗어나니
숨통이 트였다. 나는 외투 주머니 안에 넣어둔 휴대폰을
만지작거렸다. 엄마에게, 혹은 아빠에게 전화할까 말까
고민하면서 가만히 서 있었다. 응급실 앞에는 차도 사람도
너무 많았다. 끊이지 않는 사이렌 소리 사이사이로 누군가
역정을 내는 소리, 전화 통화를 하며 상황을 설명하는 소리
등이 들렸다.

　나는 망설이다 다시 건물 안으로 들어갔다. 이곳이 너무
시끄러워서, 그저 벗어나고 싶었을 뿐인데 정신을 차리고
보니 엘리베이터를 타고 옥상으로 올라가는 중이었다.
옥상에는 '하늘 쉼터'라는 이름의 작은 정원이 조성되어
있었다. 손등에 링거 주사기를 꽂은 채 담배를 피우는 사람과
큰 소리로 통화하는 사람을 지나쳤을 때 익숙한 뒷모습이
눈에 들어왔다. 등받이 없는 벤치에 꼭 붙어 앉은 두 사람은
분명, 엄마와 아빠였다. 엄마는 아빠의 어깨에 머리를 기대고
있었다. 엄마의 팔뚝 부근을 부드럽게 쓰다듬는 아빠의
손길을 나는 놓치지 않고 보았다.

　숲 난임 센터의 입소를 3개월 연장했던 엄마와 아빠는
계획과 달리 한 달 만에 그곳을 나오게 되었다. 하교 후
외삼촌네에 도착했을 때 두 사람은 거실 소파 위에 앉아
달콤한 카스텔라를 먹으며 나를 기다리고 있었다. 11월
초였음에도 엄마는 민소매를 입고 있었다. 엄마는 가려움증

숲속에는 축복이　　　　　　　　　　　　　　　　119

때문에 긴소매를 입을 수 없다고 했다. 그제야 엄마의 팔뚝이
원래보다 두 배 이상 부풀어 있는 것을 눈치챘다. 작은
반점처럼 보였던 것들은 전부 고름이 가득 찬 돌기였다. 팔뚝
가까이 손을 대자 후끈한 열감이 느껴졌다.

"진드기 때문이야. 보통은 이렇게까지 심해지는 경우는
거의 없다고 하던데……."

아빠가 변명처럼 이야기했다. 숲속에 응애 진드기가
있었다고 했다. 그 이야기를 언니에게 전했을 때, 언니는 숲
난임 센터와 잘 어울리는 이름이라고 농담해 나를 웃겼다.
아빠 또한 진드기에게 물린 목덜미가 붉게 부어 있었지만
엄마에 비하면 양호한 수준이었다. 아빠가 습관처럼 목덜미를
긁을 때마다 손톱 밑에 빨간 피가 배어 나왔다.

엄마 아빠의 항변에도 불구하고 숲 난임 센터는 강경했다.
야생 진드기 또한 자연의 산물, '내추럴 본'이므로 입소자들이
감수해야 하는 부분이라고 주장하며 입소할 때 엄마 아빠가
서명한 계약서를 내밀었다. 맨 마지막 줄에, 자연적 환경에서
비롯된 그 어떠한 상황에 대해서도 책임지지 않습니다, 라는
문장이 다른 문구보다 3포인트 작은 크기로 적혀 있었다.
결국 엄마 아빠는 변호사 대신 건강식품에 돈을 쓰기로
결정했다. 깨끗이 닦은 솔잎을 냉장고에 넣어 차갑게 만든 뒤
상처 부위에 올리거나, 피부에 좋다는 백련차와 구기자차를
마셨다. 차가버섯과 표고버섯 달인 물을 달고 살고, 매일
레몬 한 알을 잊지 않고 먹었다. 한 달쯤 지나자 비교적
상태가 양호했던 아빠의 목덜미는 약간의 흔적만을 남긴 채

양수빈

가라앉았다. 반면 석 달이 지나도록 엄마는 나아질 기미가
보이지 않았다. 엄마는 잠결에도 팔뚝을 긁어 댔다. 어떤 때는
약을 바르다가도 간지러움을 참지 못해 손톱을 세워 피부를
벅벅 긁어 대기도 했다. 오돌토돌하게 돋아난 돌기들이
터지고 그 안에 다시 고름이 차는 일이 반복되었다. 손톱을
세워 죽 긁으면 피부 안쪽에 알알이 박힌 고름이 우수수
터져서 떨어질 것만 같았다. 고름이 심해지면 꼭 누런 콧물
같은 냄새가 난다는 사실을 그때 알게 되었다.

다시 두 달쯤 지났을 무렵, 엄마는 백련차와 구기자차
티백을 모두 버리고는 동네 한의원에 방문했다. 침을 맞고
한약을 달여 먹는 동안 엄마의 팔은 수십 번 떨어졌다 생성된
딱지 탓에 점차 딱딱하게 변해 갔다. 엄마는 한의원에서 만난
아주머니의 소개로 유명한 피부과도 다니기 시작했다. 늘
심드렁한 표정의 피부과 의사는 엄마에게 매주 주사를 놓고
스테로이드 연고를 처방했다. 월요일엔 한의원, 금요일엔
피부과 방문을 반복한 지 석 달이 지나자 엄마의 상태도 눈에
띄게 호전되었다.

그로부터 8년이 흐른 지금, 돌기와 고름은 완전히
사그라들었으나 엄마의 팔뚝에는 아직도 그때의 흔적이
검붉은 흉터로 남아 있었다. 그 탓에 엄마는 한여름에도
긴소매를 고집했다. 그 소매 아래에 무엇이 있는지 아는
사람은 아빠와 나밖에 없었다.

엄마 아빠와 함께 집으로 돌아간 후로, 나는 틈날 때마다
숲 난임 센터에 대해 검색하곤 했다. 물론 검색어 저장 기능을

숲속에는 축복이

꺼 두는 것 또한 잊지 않았다. 숲 난임 센터 홈페이지에는 참가자들의 후기 페이지가 새로 생겼다. 그곳에는 비슷한 말투의 비슷한 글들이 일정한 텀을 두고 올라왔다. 너무 좋아요, 바깥에선 1년을 시도해도 힘들었는데 여기 온 지 두 달 만에 예비 산모에서 산모로 신분 상승했어요, 유명한 이유가 있네요……. 나는 아무 후기나 눌러 그 밑에 댓글을 달았다. 당신들도 숲속에서 했나요? 이튿날 내가 단 댓글은 삭제되어 있었다.

고등학교 3학년이 된 나는 1년간 숲 난임 센터를 검색하는 일을 멈추었다. 내가 다시 그곳을 검색한 것은 3년 전, 대학 입학 후 처음으로 엠티를 갔다 왔을 때였다. 아무리 검색해도 숲 난임 센터 홈페이지를 찾을 수 없었기 때문에, 나는 내가 그때까지 술이 덜 깬 줄로만 알았다. 숲 난임 센터는 인터넷 세계에서 아무런 흔적도 남기지 않고 자취를 감추었다. 숲 난임 센터가 있던 자리에는 '레몬'이라는 이름의 게스트 하우스가 생겼다. 매일 밤 파티가 열리는 젊은 청춘들의 낙원이라는 설명을 나는 여러 번 읽었다. 그곳에 간 사람들은 이제 숲속이 아니라 몸을 뒤척일 때마다 삐걱삐걱 소리가 나는 2인용 철제 침대에서 사랑을 나눌 것이다. 대체로 둘이, 때로는 셋 혹은 넷이 함께. 그들도 완벽한 아이를 원할까? 아니. 나는 스스로에게 대꾸했다. 그들은 아무것도 원하지 않을 것이다.

병원을 가득 채운 약품 냄새는 옥상에 빼곡히 심은

양수빈

꽃향기로도 가려지지 않았다. 나는 희미한 약 냄새가
맴도는 그곳에서 조금의 오차도 없이 딱 붙어 앉은 엄마와
아빠를 바라보았다. 그들은 누구보다도 안전하고 평화로워
보였다. 어떤 질병과 사고도 겪지 않으리라는 자신이 있는
사람들처럼. 아빠의 손이 엄마의 팔뚝을 타고 유연하게
흘러내렸다. 마침내 엄마의 손등 위로 아빠의 손이 빈틈없이
맞물렸다. 나는 망설임 없이 발길을 돌렸다. 목 안쪽이 바싹
마른 듯 건조했다. 갈증을 달랠 음료수 한 병. 지금 내가
원하는 건 단지 그것뿐이었다.

작가 노트

축복을 비는 마음. 그 강렬하고 간절한 열망이, 불가해한 믿음과
사랑이 문득 두렵게 느껴진 밤이 있습니다. 그 밤은 저를
숲으로, 빗물이 덜 마른 축축한 흙 위로, 이정표 없는 어둠으로
이끌었습니다. 누군가의 사랑이 어떤 통로를 통과하고 나면, 어째서
다른 이의 고통이 되는지 자주 생각해 보게 됩니다. 반대의 경우도
있겠지요. 그것에 기대어 쓴 시간을 잊고 싶지는 않습니다.

양수빈

친구를
데리고

윤단

나 잠꼬대 심하니까 알아 둬.

채영이 말한다.

얼마나 심한데?

나는 선생님이 알려 준 주소를 다시 한번 확인한 뒤
묻는다. 우리 둘 다 멀미 때문에 잠시 터미널 벤치에 앉아
있다. 유리문이 바로 앞에 있어 사람들이 드나들 때마다 습한
열기가 훅 밀려든다. 햇볕이 한산한 도로에 내리쬔다. 그냥
계속 말을 한대. 채영이 잠꼬대에 관해 말을 잇는다. 갑자기
웃거나 울기도 하고. 어젯밤에는,

거기 콜라 좀 줘. 빨리. 들키지 말고. 나 목말라서 죽을 것 같아.

뭐?

자면서 그렇게 말했다는 거야.

나는 채영의 말을 곱씹는다. 채영은 사뭇 진지한 얼굴이다.

흠, 너 탄산 싫어하잖아.

그치. 완전 헛소리지.

무슨 꿈이었는데?

기억 안 나.

채영이 종이 쇼핑백을 작은 네모 모양으로 접는다. 그런
다음 자리에서 일어나 쓰레기통에 넣고 다시 내 옆에 앉는다.
채영은 잠옷과 속옷, 양말, 세면도구를 넣은 쇼핑백만 달랑
들고 왔는데 고속버스에서 내리자마자 손잡이가 끊어졌다.
나는 채영의 짐을 내 백팩 안에 옮겨 담았다.

근데 잠꼬대를 매일 해?

그런가 봐. 동생 말로는 잠꼬대가 점점 길어진다네.

채영은 지금 본가에서 지내고 있다. 열아홉 살 때 다른
지역의 공장에 취업해 2년간 기숙사 생활을 했고 이후로는
자취방을 구해 지냈는데, 석 달 전 부모님과 남동생이
있는 본가로 들어왔다. 6년 만이었다. 그사이 채영의 방은
없어졌다. 원래 채영의 방이었던 곳은 동생이 쓰고 있고
베란다가 딸린 작은 방은 세탁기와 건조기가 차지했다.
채영은 거실 바닥에 이부자리를 펴고 잔다. 어차피 다시
나가서 살 거야. 그때까지만 버티면 돼. 채영은 말했다.
그런데 동생이 늦은 밤 거실로 나올 때마다 매번 놀란다고
했다. 채영이 너무 분명하고 멀쩡한 목소리로 잠꼬대를 하고
있어서였다. 어떤 날에는 거실에서 통화하는 줄 알았건만
그것도 잠꼬대였다고.

혼자 살 때는 몰랐지. 채영이 웃으며 덧붙인다. 난 내가
꿈도 안 꾸는 줄.

신기하네.

나는 딱 한 번 채영의 자취방에 가 본 적이 있다. 그곳에서
잠을 자지는 않았다. 잠을 자지는 않았지만 어두운 방에
나란히 누워 있기는 했다. 채영이 그곳에서 혼자 말을 이어
가는 모습을 머릿속에 그려 본다. 채영이 기억하지 못하고
아무도 듣지 못한, 그래서 사라진 말들은 무엇이었을지
생각해 본다. 나는 잠을 잘 자지 못하니까 채영의 잠꼬대를
듣게 되겠지. 우리는 함께 여행을 간 적이 없어서, 오늘 같은
방에서 자게 된다면 이번이 처음인 셈이다. 나는 이곳에
도착하고 나서야 불쑥 의문이 든다. 내가 왜 채영과 이곳에

윤단

왔는지. 그리고 채영은 왜 내 곁에 있는지.

이제 가자.

채영이 먼저 자리에서 일어난다. 출입문을 열어 둔 채 나를
기다린다. 후덥지근한 바깥 공기에 미간을 찌푸리면서.
나는 백팩을 메고 한 번 더 선생님의 주소를 확인한다.

선생님이 나를 집으로 초대한 건 보름 전이었다. 출근
준비를 하던 중, 선생님에게서 잠깐 통화되느냐는 메시지가
왔다. 전화를 걸지 망설이다 집을 나선 뒤에야 통화 버튼을
눌렀다. 막상 선생님은 내 근황을 간단히 묻더니 최근에
본 책이나 영화에 관한 이야기를 길게 이어 갔다. 그것은
어쩐지 선생님 근황의 전부인 것처럼 들렸고, 나는 이렇다
덧붙일 말이 없어 가볍게 호응만 할 뿐이었다. 그러다 몇 차례
침묵이 흘렀을 때는 수화기 너머가 너무 고요하다는 생각이
들었다. 버스정류장까지 걸어가면서, 그리고 버스를 기다리는
동안 내 주변은 움직이는 소리로 뒤섞여 있었다. 매미 소리,
사람들 소리, 자동차 소리 같은 것들. 또다시 침묵이 찾아오자
선생님은 문득 집에 한번 놀러 오라고 말했다. 오랜만에 보고
싶다는 거였다. 나는 대답 대신 혹시 무슨 일 있으시냐고
물었다.

무슨 일이야 항상 있지.

선생님은 말했다.

일을 만들려고 노력 중이야.

생각보다 통화가 길어져 15분 정도 지각했다. 담당 매니저에게

사과한 뒤 급하게 물품 정리를 마쳤다. 색과 무늬가 각기
다른 손수건과 스카프들을 가지런히 정돈하고 진열대 안쪽에
섰다. 너무 환한 백화점 조명 아래, 유니폼과 정장을 입은
직원 몇몇이 지나다니는 중이었다. 나는 그 풍경을 멍하니
바라보았다. 아르바이트를 시작한 지는 이제 반년이 넘어가고
있었다. 일은 나쁘지 않았다. 여태껏 다닌 회사들에 비해
몸은 피로했지만 손님들에게 상품을 설명하고 추천하고
결제하는 식으로 정해진 시간을 채우면 그만이었다. 그런데,
그럼 그만인데, 밤마다 잠이 들기 위해 애쓰느라 낮에는 줄곧
정신이 아득했다. 가끔은 말끔하게 접힌 손수건들 사이로
손을 넣어 마구 헤집어 놓고 싶은 충동이 일었다. 몽롱함
속에서 그런 충동을 억누르다 보면 어느새 반나절이 지나
있었다.

퇴근한 뒤에는 채영을 만났다. 채영이 본가로 돌아온 이후
우리는 종종 저녁을 같이 보내곤 했다. 채영은 일을 쉬고
있었고 시간이 많았고 그래서 나를 불렀다. 내가 연락할
사람이 너밖에 더 있냐. 채영은 말했다. 그런 말에는 이제
대꾸하기가 어렵다. 너밖에, 라는 말.

그날 저녁에도 채영과 밥을 먹고 카페에 있다가 선생님
이야기를 하게 되었다. 채영은 선생님을 기억하고 있었고,
내가 아직도 선생님과 연락을 주고받는다는 것에 놀라워했다.

그 국어 학원 맞지?

응.

이름이 뭐였더라.

윤단

박선경 쌤.

그 쌤 아직도 애들 가르쳐?

뭐, 그렇지.

지금까지 선생님과 인연이 이어진 이유에 대해서도 나는
대충 얼버무렸다. 어쩌다 보니 그렇게 됐어, 연락 주고받고
시간 되면 만나고, 쌤이 애들을 좀 챙겼잖아, 했다. 채영은
의아한 얼굴로 반문했다.

그랬나?

채영은 선생님의 사건을 모르고 있었다. 그 사건이 터지기
전에 단과 학원을 관두고 취업을 준비했으니까. 채영은 다시
입을 열었다.

아, 나 그거 기억나. 그 쌤이 수업 때 무슨 농담 같은 걸
했는데 애들이 아무 반응 없으니까 혼자 어색하게 웃는 거야.
그러곤 다시 문제 설명을 이어 가는데 그때 저 사람 애쓴다
싶더라고. 뭔가 나는 그 쌤이 가르치는 일이 안 맞는 사람
같았거든. 그거 말고는 딱히…….

그런데 채영은 내가 선생님의 집에 갈지 말지를 고민하자
어디로 가는지, 가면 뭘 하는지를 물으며 계속 관심을 보였다.
나는 커피잔 손잡이를 만지작거렸다.

같이 갈래?

순간적으로 튀어나온 말이었다. 당연히 거절할 줄 알았는데
채영은 그럴까, 나도 같이 가도 되나, 했다. 나는 채영의 얼굴을
바라보았다. 마르고 길쭉한 얼굴, 어딘가 조금은 울적해
보이는 얼굴을. 가서 마음 전환하면 좋지. 채영은 말했다.

친구를 데리고

요즘 채영은 본가에서 지내는 불편함을 투덜대면서 마음을
전환해야 한다는 말을 자주 꺼냈다. 그럴 땐 보통 기분
전환이라고 하지 않나. 내가 물었을 때 채영은 아니라고,
기분보다 더 확실한 거, 그러니 마음 전환이라고 대꾸했다.

채영은 바로 선생님이 사는 지역에 명소나 맛집이 있는지
이것저것 검색해 보았다. 우리는 내 아르바이트 휴무인
월요일에 점심을 먹고 출발해 다음 날 돌아오기로 했다.
나는 선생님과의 통화 내용을 떠올렸다.

사실은 곧 집을 빼거든.

선생님은 어머니가 살고 있는 고향집으로 아예 들어갈
예정이라고 했다. 가을에 이사하는데 그때는 이사 준비
때문에 바쁠 것 같다고, 그전에 사람들을 초대해서 시간을
보내려 한다고 말했다. 그러다 오늘 아침 내 생각이 났다며
오가는 길이 멀 테니 하룻밤 자고 가라는 말도 덧붙였다.
나는 얼떨떨하게 듣고 있었다.

와서 소민이가 필요한 게 있으면 좀 가져가도 돼. 짐을 많이
정리할 거야.

제가 필요한 거요?

그래.

어…….

없으면 내가 필요한 걸 주고 가도 되고.

네?

그러자 선생님은 웃었다. 농담이야, 농담.

택시가 어느 아파트 단지 앞에서 멈춘다. 여기가 맞느냐고 묻자 기사님은 여기 맞아요, 한다. 단지 안으로 쭈욱 들어가면 돼요. 택시에서 내려 지도 앱을 확인한다. 아파트와 오피스텔이 함께 있는 구조였고 선생님의 주소는 안쪽에 표시되어 있다. 며칠 전 주소를 받기 전까지 나는 선생님이 외딴 주택에 살고 있을 거라고 막연히 상상했지만, 예상과 달리 선생님의 집은 지방 신도시에 위치한 오피스텔이었다. 눈앞의 아파트들은 전부 깨끗한 신축 건물이다. 주변에는 초록 나무들과 갈색 밭들, 그리고 먼발치에 낮은 산등성이가 전경을 이루고 있다.

채영과 나는 지도에 표시된 위치를 못 찾고 빙빙 돈다. 드디어 도착했나 싶으면 아파트거나 동호수가 틀려 다시 지도 앱을 확인한다. 그러면 또 우리의 GPS가 엉뚱한 곳에 있는 식이다. 뙤약볕이 정수리에 따갑게 고이고 머리가 아득해진다. 민소매를 입은 채영이 손등으로 겨드랑이 땀을 닦아 낸다. 한참을 헤매던 우리는 어느 아파트 건물 그늘 안으로 들어간다.

어딘지 못 찾겠으니 나와 달라고 하면 안 돼?

분명 이 근방인데.

그때 우리가 서 있는 아파트 현관에서 누군가 나온다. 30대로 보이는 남자와 노부부. 남자는 거동이 불편해 보이는 노파의 팔짱을 끼고 느리게 걷는다. 어머님, 저것 좀 보셔요. 남자가 걸음을 멈추곤 어딘가를 가리킨다. 노부부가 천천히 고개를 돌린다. 채영과 나도 2~3미터 떨어진 거리에서 남자가

친구를 데리고

가리키는 방향을 본다. 그곳은 그저 바닥. 아무것도 없는데.
그러나 노부부는 무언가를 유심히 보듯 멈춰 있다. 이윽고
노파가 무어라 말했지만 소리가 작아 우리 쪽에서는 들리지
않는다. 세 사람은 다시 느린 속도로 걸음을 옮긴다. 한 발짝.
그리고 또 한 발짝. 봤어? 채영이 묻는다. 나는 고개를 젓는다.
우리는 노부부가 멈춰 있던 자리로 걸어간다. 하지만 볼만한
것은 없고 무척 덥기만 하다. 바람 한 점 불어오지 않는다.
채영이 고개를 갸웃거린다.

개미 같은 게 있었나?

웬 개미?

여기 있었다가 사라졌을 수도 있잖아. 아니면 지렁이라거나.

그걸 왜 보느냐고 묻자 채영이 말한다.

나 자취방에서 개미 떼 나온 적 있거든. 그걸 가만히 보게
되더라고. 내가 뭘 흘렸는지 어느 날 보니까 열몇 마리가
구석에 기어다니는 거야. 개미들이 다 같이 무늬를 만드는
것 같기도 하고, 근데 뭐가 만들어지지는 않고. 징그럽기도
하면서 기분이 싱숭생숭하고 이상했어. 개미들이 많아서 바로
죽이지도 못 했거든. 그렇다고 놔두기에는 애네가 줄줄이
늘어날 것 같았어.

놔두면 안 되지.

나는 바닥을 바라보며 기하학무늬를 만드는 개미들을
상상해 본다. 그 앞에 앉아 개미 떼를 바라보고 있는 채영의
모습도.

알아. 결국 휴지로 눌러 죽였어.

전부 다?

응, 아마도.

채영과 나는 다시 걷기 시작한다. 주소로 표시되는 곳을
한 바퀴만 더 둘러보기로 한다. 무더위에 말할 기력이 점점
사라진다. 주변을 두리번거리던 채영이 입을 연다.

여기 근데 진짜 휑하네. 유령도시 같다.

그러게.

나는 오래전 유령처럼 떠돌았던 소문을 떠올린다. 아니,
소문이 선생님의 실제 모습보다 더욱 선명했으니 유령이
된 건 선생님이 아닐까. 선생님은 어깨까지 내려오는 머리,
화장기 없는 얼굴에 수수한 인상의 사람이었고 다른 학원
선생님들과 달리 큰 특징이 없었다. 다른 선생님들은 각자
스타일이나 말투가 뚜렷해서 학생들이 성대모사를 하거나
흉내를 냈는데, 선생님은 아무도 따라 하지 않을 정도였다.
그런데 어느 날 학원에 학부모가 찾아와 선생님의 따귀를
때리는 일이 벌어졌다. 그날 이후 선생님은 학원에서 자취를
감췄지만, 학생들 사이에서는 소문이 돌고 돌았다. 그러니까
서른 살 선생님과 열아홉 살 학생의 연애와 잠자리에 대해서.
그 얘기를 떠든 사람 중에 내가 있었다는 사실을 선생님은
모르고 있다.

찾았다.

채영이 어느 건물 앞에 우뚝 서서 소리친다.

에어컨이 켜져 있어 조금씩 더위가 식는다. 채영과 나는

부엌 식탁에 앉아 머그잔에 든 아이스커피를 마신다.
선생님의 집은 넓지 않은 평수의 투룸으로, 단출하고
깨끗하다. 거실에는 화이트 톤의 책장과 소파뿐. 책장에
문제집들과 책들이 꽂혀 있는 걸 보니 아직 짐 정리는 하지
않은 듯하다. 나는 낯설고 신기한 기분으로 주위를 둘러본다.

오느라 고생했어.

선생님이 찬장에서 여러 종류의 초콜릿과 쿠키를 꺼내
맞은편에 앉는다. 발목까지 내려오는 긴 원피스 차림의
선생님은 마지막으로 봤던 2년 전보다 살이 좀 붙은 것 같다.
그래서인지 얼굴도 한층 편안해 보인다.

이제 좀 살 것 같아요. 너무 더웠거든요. 채영이 말한다.

마중 나갈 걸 그랬네.

뭐, 어떻게든 찾아왔으니까요.

선생님은 우리를 반가운 얼굴로 맞아 주었다. 지난주
통화에서 내가 친구를 데려가도 되느냐고 물었을 때,
선생님은 잠시 당황한 듯했으나 곧 차분한 목소리로 말했다.
누구든 환영이지. 나는 그 친구도 선생님의 수업을 같이
들었다고 뒤이어 설명했지만 선생님은 기억이 잘 나지
않는다고 했다.

그런데 선생님이 누구든지 환영하는 사람이었나. 조금 전
나는 백팩에서 선생님에게 줄 선물을 꺼냈다. 올리브잎과
열매가 그려진 손수건이었다. 너무 예쁘다. 잘 쓸게.
선생님은 말했다. 그걸 본 채영이 자기는 빈손으로 왔다면서
민망해하자 선생님은 괜찮다며 웃었고, 내가 준 손수건은

식탁 위에 접어 두었다. 그리고 지금, 선생님과 채영은
어색함이라곤 없이 이런저런 대화를 나누고 있다. 나는 약간
못마땅한 마음이 되어 머그잔을 흔든다. 작고 네모난
얼음들이 서로 부딪히며 달그락 소리가 난다. 고개를 돌려
베란다 창을 바라본다. 하얀색 시폰 커튼이 양옆으로 쳐져
있고 8층 높이의 유리창 너머 청명하고 드넓은 하늘이 보인다.
얇은 구름이 그림처럼 붙박여 있다.

　이 동네에서도 애들 가르쳤지. 초등학생.

　선생님이 말한다. 지금은 일을 그만두고 쉬고 있다고
덧붙인다.

　여기 애들이 좀 있어요?

　채영이 묻는다.

　젊은 부부들이랑 아이들이 꽤 살아. 집값이 싼 편이니까.

　3년 전 나는 선생님의 결혼식에 갔지만 집들이에는 시간이
나지 않는다는 이유로 가지 않았다. 그리고 다음에 만났을
때, 선생님은 이혼한 상태였다. 1년 만에 결혼 생활이 끝난
이유는 자세히 듣지 못했다. 선생님은 그저 일이 그렇게 됐을
뿐이라고만 했다. 스승의날 즈음이었고 우리는 늘 그랬듯
술을 마시며 비슷한 말만 되풀이했다. 소민아, 넌 잘될 거야.
아주 잘될 거야. 선생님이 중얼거리고 나는 무엇이 잘되는지도
모르면서 그런 거 따위는 없다고 생각하면서 고개를 끄덕인다.
선생님도요, 선생님 잘 사셔야 해요. 잘 사는 게 무엇인지
그게 어떤 모양인지 모른 채로 그렇게 대꾸한다. 그런 건 더
이상 그만하고 싶었다. 그때 나는 판촉물을 기획하는 회사의

친구를 데리고　　　　　　　　　　　　　　　　　137

경리팀에서 일하고 있었는데 사실 어디에 있든지 비슷했다.
아무리 애써도 인정받지 못하는 느낌, 사람들에게 실수하고,
누군가를 미워하고, 미움받고, 자꾸 안달이 나 있던 나날들.
나는 다음 날 출근해야 한다며 전보다 일찍 자리를 정리했다.
술에 취한 채 집으로 돌아가면서 이제 진짜 진짜 안 봐야지,
하고 다짐하며 휘청였다.

갑자기 채영이 아악, 하고 놀라며 식탁 아래를 내려다본다.
나도 따라 시선을 옮긴다. 식탁 다리 밑에 거북이가 붙어
있어 깜짝 놀란다. 책 한 권 크기만큼이나 몸집이 커다랗다.
선생님이 두 손으로 거북이를 들어 올린다.

인사할래?

채영과 나는 어리둥절한 얼굴로 거북이의 등딱지를
어루만진다. 거북이라니. 선생님을 마지막으로 만났을 때도
거북이 얘기는 듣지 못했는데. 매끈한 표면이 생각보다
딱딱하다. 툭툭. 등딱지를 두드리자 거북이는 주름진 목을
움츠리며 등딱지 속으로 들어갔다가, 다시 슬그머니 나온다.
발톱을 만졌더니 이번에는 발을 등딱지 안에 숨긴다.

전에 살던 사람이 여기 두고 갔거든.

선생님이 말한다. 이름은 밤이라고 한다. 다른 애들보다
등딱지가 까만 편이라 밤이라고 지었다는데 이름 따라가는
건지 야행성이라고. 구석진 곳을 좋아해서 가끔 찾아다녀야
한다고. 그런데 오늘은 특이하게 이 시간에 나와 있다고 한다.

근데 거북이도 말을 하네요.

나는 딸꾹질 같은 소리를 내는 밤을 굽어본다. 풍선껌을

작게 터트리는 소리 같기도 하다.

　이건 울음소리지. 채영이 말한다.

　그거나 그거나.

　언젠가 나는 동물이 내는 소리를 왜 울음이라고
표현하는지 의아해서 사전을 찾아본 적이 있다. 새나 짐승,
벌레들이 소리를 내는 것 자체가 '울다'라는 뜻. 물체가
움직이거나 흔들려 소리 나는 것도 '울다'라는 뜻. 그러니
사람도 울고 개도 울고 고양이도 우는 거구나. 귀뚜라미도
울고. 나뭇잎도 울고. 창문도 울고. 옷들끼리 스치면서 울고.
손수건과 손수건이 마구 들춰지며 울고.

　아파서 그래.

　선생님은 밤이 폐렴에 걸려서 소리를 내는 거라고 말한다.
항생제 주사도 맞고 약도 먹이고 있다고 한다. 이런 지 좀
됐어. 인터넷에 찾아보니 아픈 줄도 모르고 내버려두다가
용궁으로 떠나보냈다는 사람들이 많더라고.

　소리라도 내서 그나마 다행이지.

　선생님은 밤을 든 채 화장실로 향한다. 세면대 아래에
커다랗고 빨간 대야가 놓여 있다. 선생님은 밤을 조심스레
대야 안에 내려놓고, 식탁으로 돌아와 문득 채영에게 말을
건넨다. 그래, 얼굴 보니까 기억나. 소민이가 처음에 친구랑
수업 들었지. 채영은 네네, 맞아요, 고개를 끄덕인다. 거기서
우리만 특성화고였다고, 자기는 알바하느라 수업을 더 못
들었다며 너스레를 떤다.

　쌤은 그대로세요.

그래?

네. 거의 7년 만인데.

선생님이 가볍게 웃는다. 그러고는 작은 초콜릿 포장지를
뜯어 채영과 내게 하나씩 건넨다. 초콜릿은 한 번 녹았다가
다시 굳은 것처럼 모양이 반듯하지 않고 울퉁불퉁하다. 나는
한입에 넣어 혀로 굴린다. 달콤함보다는 밍밍한 맛이 강하다.
남은 부분을 이로 씹어 꿀꺽 삼킨다. 오, 이거 맛있네요.
채영이 말한다. 채영은 초콜릿을 하나 더 까서 입에 넣는다.

선생님의 수업은 다른 유명 국어 강사 수업에 들어가지
못한 학생들이 뒤늦게 신청하는 경우가 많았다. 채영과 나도
그랬다. 고등학교 2학년 겨울방학 때 나는 특성화고 정시
전형으로 대학에 갈까 싶어 학원을 알아보고 있었는데,
그 사실을 안 채영이 자기도 같이 가자고 했다. 우리는
사무경영과로 같은 반이었고 동네도 같아 자연스레 친해졌다.
급식실에 가거나 교실을 이동할 때면 채영은 늘 자신의
옆자리를 툭툭 쳐서 내 자리를 만들어 주었다. 때때로
친밀감을 드러내듯 팔짱을 끼거나 껴안기도 했다. 채영과
나는 꼭 붙어 다녔고, 그때 우리 사이에는 아무런 문제도
없었다.

우리는 지역에서 입소문 난 단과 학원에 같이 등록했다.
어떤 수업들은 당일에 오픈런을 해야 할 정도였다. 다행히
영어는 우리가 원하던 수업을 들을 수 있었지만 그 수업은
듣고 보니 따라가기가 벅찬 수준이었다. 당시 채영과 나는

윤단

학원비를 벌기 위해 룸카페와 고깃집 아르바이트를 하고 있어
체력적으로 빠듯하기도 했다. 결국 채영은 나와 함께 국어와
영어 수업을 듣다가, 다음 해 첫 모의고사를 치른 뒤 취업으로
방향을 틀었다. 그즈음 나는 영어는 포기하고 선생님의
수업만 들으러 다녔다.

　선생님은 일주일에 한 번, 수업이 끝난 후 학생들과 일대일로
상담했다. 비인기 강사였던 선생님이 나름대로 수업을
유지하는 수단이었겠지만, 어느 순간부터 나는 그 시간만
기다리게 되었다. 선생님은 요즘 고민은 없는지, 일주일을
어떻게 보냈는지를 묻고 이야기를 나눴다. 나는 그 평범하고
소소한 시간을 좋아했다. 선생님은 가르치려고 들지 않는
사람. 제때 세탁을 못 해 고기 냄새가 밴 교복이 신경 쓰여
혼자 코를 킁킁대고 있으면 왜, 냄새 좋구만, 하고 말하는
사람. 사실 입시는 포기하고 선생님 보러 다니는 거예요, 라고
고백하면 나 보러 다니는 김에 대학도 가자고 말하는 사람.
잘될 거야. 난 널 믿어. 그렇게 말하며 내 손등 위에 손을
포개는 사람. 누구나 할 수 있는 말이지만 누구도 해 주지
않았던 말. 나는 선생님의 부드러운 손을 보며 선생님과 더욱
가깝게 닿고 싶다는 강한 욕구를 느꼈다.

　선생님의 사건이 터진 것은 여름방학이 시작된 즈음이었다.
내가 혼자 단과 학원을 오가며 같이 수업을 듣는 고3 애들과
친해지던 무렵이기도 했다. 학원에 남학생의 어머니가 찾아온
이후 선생님이 숨겨 온 일이 드러났다. 학원 학생이랑 연애를
했다는 것. 연애뿐 아니라 잠까지 잤다는 것. 선생님의 수업을

듣지 않는 학생들까지 모두 선생님 이야기를 했다.

몇 주 뒤 나는 선생님에게 전화를 걸었다. 이전에 번호를 받아 두었지만 사적으로 연락한 적은 한 번도 없었다. 그런데도 선생님은 전화를 바로 받았다. 만나고 싶다는 내 말도 거절하지 않았다. 동네 공원에서 만났을 때, 선생님은 내게 어쩐 일이냐고 물었다.

아무것도요. 아무 일도 없어요.

선생님은 근처 편의점에서 맥주를 사 와서 한 캔을 건넸다. 그날 우리는 별말 없이 맥주를 마시고 헤어졌다. 그 이후로 나는 주기적으로 선생님에게 연락했다. 우리는 공원을 산책하거나 맥주를 마시며 이런저런 이야기를 나누었다. 대부분 내 공부나 학교생활에 대한 얘기였고, 선생님은 묵묵히 들어 주다가 가끔 질문을 던지는 식이었다. 그러다 한번은 선생님이 내게 돌연 물었다. 사랑은 하고 있느냐고.

사랑이요?

나는 놀라서 되물었다. 선생님의 그 질문이 수치스러웠다. 동시에 반발심도 들었다. 연애는 하니, 좋아하는 사람이 있니, 가 아니라 사랑이라는 단어를 쓰다니. 그 순간, 나는 선생님과 만났던 남자애를 떠올렸다. 그것도 사랑이라고 하는 건가. 나도 선생님을 사랑하고 있는데. 이건 사랑이 아닌가. 왜 내가 아니고 걔인가.

저요, 선생님을 이해해요.

그건 생뚱맞은 대답이었고, 뒤늦게 나는 흠칫했다. 진심이 아니었을뿐더러 그 말로 인해 내가 선생님과의 관계에서

윤단

우위에 있다고 느꼈기 때문이었다. 그 마음을 알아차리자 얼굴이 화끈하게 달아올랐다. 선생님은 나를 물끄러미 바라보더니 말했다.

그래. 그렇구나.

나중에 수능을 망치고 회사에 다니기 시작하면서 선생님에 대한 마음은 자연스레 사그라들었지만 그럼에도 나는 매년 습관처럼 선생님을 만났다. 선생님과 남자애가 사귄 일이 없었던 것처럼. 나의 비틀린 마음도, 친구들의 저질스러운 농담에 웃었던 내 모습도 없던 일처럼 외면한 채. 하지만 보기 싫은 걸 외면하는 일은 쉬웠다. 선생님이 건네주는 그럴듯한 말들을 믿어 버리는 것 역시 쉬웠다. 하지만 선생님을 만날 때마다 나는 모든 게 잘못 꾸며져 있다는 느낌을 견뎌야 했다. 그건 좀처럼 참기 힘든 일. 선생님도 그럴까? 나를 보면 그런 마음이 들까? 알 수 없었기에 더욱더.

우리는 아파트 단지를 벗어나 인도를 따라 나란히 걷는다. 조금 전 선생님이 전화를 받더니 마트에 같이 다녀오자고 했다. 장을 본 뒤 배달을 시켰는데 트럭이 고장 나 늦어질 것 같다는 연락이 왔다는 거였다. 집 안에서 대화를 나누는 사이 낮보다 기온이 떨어졌지만 그래도 여름 해가 쨍쨍하다. 버틸 만한 만큼만 덥다고 생각하기로 한다.

오면서 보니까 하천이 있더라고요.

내가 말하자 선생님은 저기 멀리 연못이 있어, 거기로 연결되는 하천이야, 한다. 이 지역에 세 갈래의 하천이 있다고.

저류지도 곳곳에 많아서 동네를 걷다 보면 어디든 물비린내와
흙냄새가 난다고.

저류지가 뭐예요?

채영이 묻는다.

물을 저장해 두는 곳이야. 장마 때 배수가 안 된 빗물을
가둬 놨다가 나중에 흘려보내는 거지.

왜 가둬 놓는데요?

밭들이 침수되면 안 되니까.

얼마쯤 더 걷자 선생님은 저기, 저게 저류지야, 하며 왼편을
가리킨다.

우리는 저류지 앞까지 걸어가 경사진 곳에 선다. 저류지는
얕게 물이 고인 밭 정도로 보여 채영과 나는 실망한다.
물 색깔은 구정물처럼 탁하고, 주변 풀들은 노랗고 거뭇하게
말라 있다. 그때 채영이 워! 하며 내 등을 가볍게 밀친다.
다리에 힘이 풀려 겨우 중심을 잡는다.

놀랐지?

하지 마.

나는 짜증이 밴 목소리로 말한다. 채영은 내 어깨를 잡고
흔드는 장난을 계속한다. 빠질까, 안 빠질까, 묻는다.

그만해.

야, 안 빠져. 내가 잡고 있잖아.

그만하라고.

채영의 손을 뿌리치려다 그만 발을 헛디딘다. 저류지로
미끄러지는 아주 짧은 찰나 심장이 덜컥 주저앉는다. 아니,

심장이 아니라 마음이. 극심한 공포가 밀려든다. 몇 초가
흐른 뒤에야 정신을 차린다. 저류지 둔덕이 낮고 물이 얕아서
운동화와 발목이 젖었을 뿐이다. 미지근한 물에 담긴 발이
축축하다. 옆을 보니 채영도 나처럼 저류지에 발이 빠져 있다.

아, 신발 빨아야겠네.

채영이 신발을 내려다보며 투덜거린다.

그니까 그만하라고 했잖아.

내 목소리가 떨린다. 나는 심각한데 선생님이 뒤에서
웃음을 터뜨린다. 신발은 빨아서 말리면 돼. 베란다 볕이
좋으니까 금방 마를 거야. 선생님은 우리 둘이 엄청 친한 것
같다고, 보기 좋다고 덧붙인다.

쌤, 그냥 제가 애 따라다니는 거예요.

채영이 선생님을 돌아보며 말한다. 선생님이 왜냐고 묻는다.

음…….

채영이 잠시 고민하더니 입을 연다.

그냥 좋아서요.

나는 채영을 돌아본다.

그때 박 선생님! 하고 외치는 소리가 들린다. 선생님과
비슷한 또래로 보이는 여자가 우리 쪽으로 성큼성큼
다가온다. 여울이 어머님! 선생님이 반갑게 인사를 건넨다.
두 사람은 서로에게 안부를 묻고 여울이라는 이름을 가진
아이의 안부도 주고받는다. 한 손을 붙잡고. 선생님과
학부모라기보다는 절친한 친구 사이 같은 모습이다.

여울이가 박 선생님을 많이 보고 싶어 해요.

친구를 데리고

여자가 말한다.

저도 그래요.

선생님이 대꾸한다.

그사이 채영과 나는 저류지에서 걸어 나온다. 발을 흔들어
물기를 털어 낸다. 여자가 선생님 뒤쪽에 나란히 서 있는
채영과 나를 흘깃 본다. 선생님은 예전 제자라고 소개한다.
나는 뒤늦게 고개 숙여 인사한다. 여자는 우리를 번갈아 본다.

자매?

아니요.

채영과 나는 동시에 대답한다. 우리는 키도 덩치도 다르고
얼굴도 딴판인데 여자는 어머, 둘이 닮았네, 하고 웃는다.

마트에 도착해 장을 본 물건들을 나눠 든다. 선생님이
묵직한 20리터 종량제 봉투를 들고, 채영과 나는 작고 가벼운
봉투들을 팔에 끼우곤 캔맥주 한 박스씩 들어 올린다. 우리는
왔던 길을 천천히 되돌아간다. 선생님은 집에 들어서자마자
손을 씻은 뒤 봉투에 든 식재료와 물건들을 꺼낸다. 우리
둘에게 찝찝할 테니 먼저 샤워하라고 한다.

거울을 들여다본다. 얼굴이 더위에 붉게 달아올라 있다.
아까 채영과 얘기할 때도 이런 얼굴이었나. 화장실 바닥에는
밤이 느릿느릿 기어다닌다. 나는 쪼그려 앉아 밤의 까만
등딱지를 바라본다. 거북이 나이는 등딱지 무늬의 선으로
짐작한다고 한다. 선생님에게 밤의 나이를 물었을 때 8살은
넘었을 거라고 했다. 나무의 나이테 같지. 나는 선의 수를

윤단

세어 보다가 밤을 조심스럽게 들어 대야 안에 넣는다. 밤은
다시 밖으로 빠져나온다. 나는 밤을 넣고 밤은 다시 밖으로
빠져나오기를 몇 번이고 반복한다. 결국 밤을 가두는 데에
실패한다. 밤을 내버려둔다. 그래도 실수로 밟지 않도록
조심하며 몸을 씻는다.

채영과 내가 차례로 샤워를 마친다. 각자 신발과 양말을
빨고 비틀어 물기를 짜낸다. 그런 뒤 베란다에 열 맞춰
널어놓는다. 선생님도 씻기 위해 화장실로 들어간다. 우리는
소파 위에 가만 앉아 있다. 해가 저물어 가며 노란 석양빛이
거실에 머무른다.

배고파.

나도.

채영이 소파에 몸을 길게 늘어뜨린다. 너도 이러고 있어.
편해. 나는 채영을 따라 엉덩이를 내려 몸을 눕힌다. 그렇게
한참을 있는데 채영이 소민아, 하고 부른다.

왜.

이렇게 있으니까 옛날 생각난다.

옛날 언제?

네가 우리 집 온 날.

그건 옛날이라고 할 수 없지만 나는 굳이 정정하지 않는다.
그럼 언제였더라. 아마도 내가 채영의 울음을 외면하기
직전이었다. 죽고 싶어. 나 너무 죽고 싶어. 채영이 그런 말을
하지 않았던 날. 채영이 울지도 않고 자기를 보러 와 달라고
했으므로, 나는 불안한 마음에 지하철로 한 시간 반 거리에

있는 채영의 자취방에 갔다. 채영은 문을 열어 주는 대신 안쪽에서 현관 비밀번호를 외쳤다. 채영은 방바닥에 누워 있었다. 작고 햇빛이 들지 않는 방이었다. 옷과 물건들이 여기저기 쌓여 있는 더러운 방. 더 좋은 집 안 구하고 돈 버는 거 다 어디 쓰냐고 타박하자 채영은 나도 몰라, 이것저것 사다 보면 없어져 있어, 하고 또다시 우는 소리를 냈다. 그 방에서 나오며 나는 현관문 비밀번호를 바꿨다. 다른 방의 누군가가 비밀번호를 들었을까 봐 걱정되었다. 채영의 생일과 휴대폰 번호 뒷자리를 섞은 숫자를 채영에게 메시지로 보냈다.

공장 기숙사에서 지낼 때 채영은 지독한 따돌림을 당했다. 몰랐는데 말이야. 내가 일머리가 없나 봐. 아니면 사교성이 없나. 아님 둘 다인가. 채영은 내게 자주 전화를 걸어 울음을 터뜨렸다. 나는 일을 하다가도 사무실 밖으로 나와 그 울음을 들어주었다. 퇴근길에서도. 새벽에도. 채영이 3교대로 일했기 때문에 전화가 걸려 오는 시간은 들쭉날쭉했다. 동창들이 하나둘씩 채영의 전화를 받지 않기 시작하자 그만큼 내가 받는 전화는 늘어 갔다. 내 말 듣고 있어? 듣고 있는 거 맞아? 수화기 너머 채영은 물었다. 응. 계속 듣고 있었어. 나는 대꾸했다. 이제 너밖에 없어. 전화를 끊기 전 채영이 그렇게 말하면 나는 잠시 내가 좋은 사람이 된 것 같았다. 좋은 사람까지는 아니어도 꽤 그럴듯한 사람이 된 듯한 기분이었다. 그 느낌이 온당하지 않다고 늘 생각했지만. 그래도 그때는 진심으로 좋은 사람이 되고 싶었는데.

채영은 결국 공장 기숙사에서 나왔지만 상태는 점점 더

윤단

나빠졌다. 아예 공장을 그만두라고, 거기서 그냥 나오라고, 다른 데서 일하면 되지 않느냐고, 내가 암만 말해도 채영은 듣는 체도 안 했다. 나오는 게 쉬운 줄 알아? 다른 데도 마찬가지일 거야. 내가 나니까. 채영은 말했다. 넌 아무것도 몰라. 채영은 스스로 삶을 끝내는 사람에 대한 기사 링크들을 보냈다. 왕따 때문에. 직장 때문에. 수능 때문에. 애인 때문에. 가족 때문에. 트라우마 때문에.

아 정말 지긋지긋하다.

나는 말했다.

나도 너 때문에 죽겠으니까 그만해.

그럼 그렇게 해. 죽고 싶으면 죽어.

그런데, 내가 정말 그런 말들을 했었나? 이게 다 잠을 자지 못해서 생기는 문제다. 아침에 어떻게 준비하고 어떻게 버스를 탔는지조차 출근하는 즉시 까맣게 잊는 일도 잦으니까. 그러니 내가 채영에게 무슨 말을 했고 혹은 하지 않았는지 오락가락하는 거다. 어느 순간부터 나는 채영의 연락을 모두 무시해 버렸다. 부재중 전화와 장문의 메시지를 보고서도 못 본 척했다. 그리고 어찌 된 일인지 채영이 그곳을 혼자 떠나서 본가로 돌아왔을 때, 내가 다시 채영을 만난 이유는 내가 잠을 자지 못했기 때문이었다. 죄책감을 덜어 내기 위함이었다. 언젠가 채영이 말했던 것처럼 나는 안 그런 척해도 결국 나밖에 모르는 인간, 결핍으로 가득한 인간이라는 생각을 한다.

아까 너 씻고 있을 때 선생님이 그러더라.

채영이 나를 돌아본다.

술 취하면 가끔 운다고.

쌤이 그런 말을 해?

응. 근데 난 너 우는 거 한 번도 못 봤잖아.

채영이 느닷없이 팔을 벌려 나를 끌어안는다. 우리 둘 다
소파에 몸을 늘어뜨리고 있었으므로 엉거주춤한 자세가 된다.

선생님이 저녁을 준비하는 동안 채영과 나는 밤에게 밥을
주기로 한다. 선생님은 냉장고에서 꺼낸 치커리를 물에 씻어
건넨다. 밤이 소파 뒤편 사이에 들어가 있길래 채영과 나는
치커리로 밤을 유혹한다. 그러자 밤이 기어 나와 따악, 따악,
소리 내며 치커리를 먹는다. 식사를 마친 밤은 다시 소파
뒤편으로 들어가 잠이 든다.

우리도 저녁 먹자.

고소한 냄새가 풍긴다. 선생님이 칵테일 새우와 바지락,
베이컨, 마늘을 넣은 오일파스타를 그릇 세 개에 나눠 담는다.
채영과 나는 그릇과 수저를 식탁 위에 놓는다. 너네도 치커리
먹니? 선생님의 물음에 우리는 고개를 끄덕인다. 선생님이
파스타 위에 치커리를 얹는다. 정말 맛있어요. 채영과 나는 한
입을 먹자마자 감탄한다. 우리는 허겁지겁 배를 채운다.

저녁을 먹고 나서는 맥주를 마신다. 어느 순간 베란다
창 너머로 어둠이 내려앉는다. 베란다에 널어 둔 운동화와
양말은 보이지 않고, 식탁에 앉은 세 사람의 모습이 어두운
유리창에 담긴다. 빈 맥주 캔이 쌓일수록 점점 취기가 오른다.

윤단

채영의 얼굴이 붉게 달아오른다. 귀도 붉고 목도 붉고 팔은 군데군데 빨간 얼룩이 진 것처럼 변한다. 몸이 가려운지 채영은 여기저기를 긁는다. 너 맥주 괜찮아? 내가 묻자 채영은 괜찮아, 당연 괜찮지, 한다. 술도 잘 못하면서. 게다가 너 탄산은 입에 대지도 않잖아. 나는 그렇게 말하고 싶은 걸 참는다. 술에 취한 채영은 별안간 선생님을 향해 묻는다.

근데 쌤, 고향에 왜 가시는 거예요? 여쭤봐도 돼요?

아니. 안 되는데.

선생님이 웃는다.

비밀이에요?

아니. 아무것도 아니야.

아, 왜요. 비밀 맞잖아요.

순간 나는 선생님의 대답에서 이상함을 느낀다. 그리고 서서히 돌이켜 깨닫는다. 과거에 내가 선생님에게 아무것도 없다고, 아무 일도 없다고 한 말이 얼마나 단순했는지. 그 말을 함으로써 결국 무엇을 드러내고 말았는지. 선생님은 고개를 돌려 베란다 쪽 어딘가를 응시하고 있다. 왜일까, 나는 이번이 정말 선생님과의 마지막 만남일지도 모른다는 예감이 든다.

그럼 저부터! 제 비밀은 말이죠.

선생님에게 집요하게 묻던 채영이 돌연 목소리를 높인다. 그런 다음 숨을 고르고 히죽 웃는다.

아니다. 저도 말 안 할래요.

채영이 다시 입을 연다.

친구를 데리고   151

그럼 비밀이 아닌 거. 쌤, 제가 지금 가족들이랑
같이 살거든요? 근데 엄청 불편하거든요? 속옷만 입고
돌아다니지도 못하고. 괜히 눈치 보게 되고. 근데 혼자
살 때보다는 낫더라고요. 불편해 죽겠다 말고. 아 정말
불편해서라도 살겠다, 그런 거 있잖아요. 괴로운 거랑 불편한
거랑은 다르잖아요. 그죠, 쌤?

잠시 정적이 흐른다. 선생님이 자리에서 느리게 일어난다.
그러더니 채영 쪽으로 걸어가 두 팔 벌려 채영을 안는다.
나는 당혹스러운 마음으로 두 사람을 바라본다. 채영도
그렇고 선생님도 왜 갑자기 포옹을…… 오늘이 허그데이도
아닌데. 겨울도 아니고 후덥지근한 여름인데. 그러니까 오늘은
그저…….

그런데 나도 취했나. 원래 이 정도로는 안 취하는데 정신이
몽롱해서 그런가. 몽롱한데 졸리진 않고 머리만 지끈거려서
그런가. 나는 선생님과 채영에게서 무언가를 본다. 저건
애쓰는 얼굴들. 무사하기 위해 애쓰는 얼굴들. 아무도 울지
않고. 그런데 왜 마음이 들끓는 거지? 나는 생각해 본다.
내가 외면한 일들. 너와 나의 잘못들. 들키고 싶지 않은 마음.
동시에 발각되고 싶은 마음. 놓아 버리고 싶은 마음. 나는
그것들을 끌어안기가 어려운데 두 사람은 끌어안고 있다.
아주 그럴싸한 모양새로. 정말 그런 것처럼 보인다. 그리고
나는 저 모양새를 마주한 것만으로 내가 두 사람을 어쩔 수
없이 좋아하고 있음을 서서히 알아차린다. 그러니까,

완전 엉망진창이에요.

윤단

나는 작게 중얼거린다.

채영과 나는 각자 잠옷으로 갈아입고 손님방에 이부자리를
편다. 나는 전등을 끈다. 어둠이 눈에 익기 전까지, 몇 초
남짓한 짧은 순간, 나는 나도 모르게 울기 직전의 표정이
된다. 채영이 내 얼굴을 보지 못할 테니 괜찮다. 나는 늦지
않게 표정을 지우고 허공을 더듬거리며 눕는다. 얇은 이불을
끌어 올리며 잘 자, 하고 말한다.
　응, 너도.
　채영이 벽 쪽으로 돌아눕는 것을 나는 굳이 보지 않아도 알
수 있다.

시간이 꽤 흘렀지만 잠이 오지 않는다. 채영이 잠든 지도
오래된 것 같아 휴대폰 시간을 확인한다. 어느덧 새벽 3시.
나는 누군가와 함께 밤을 보내게 될 때마다 제일 늦게 잠든다.
곤히 자는 사람들의 소리, 잠든 옆 사람의 숨소리를 듣고
나서야 안심하고 조금씩 뒤척일 수 있다. 내가 이리저리
뒤척이느라 상대방이 깨는 일이 없도록. 내가 잠들지 못하고
있음을 들키지 않도록. 잠들기 전의 숨소리와 완전히 잠들고
나서의 숨소리가 미세하게 달라지는 찰나. 그것을 눈치채기
위해 신경을 곤두세운다. 나는 아무리 잠을 자려고 노력해
봐도 자꾸만 지난 일들에 시달리고 만다. 하나의 기억이
튀어나오면 그 밑에 깔린 복잡하고 수많은 것들이 잇따라
찾아온다. 내가 저질렀거나 누군가 내게 저지른 일. 잊고

싶어도 절대 잊히지 않는 일들. 나는 어째서 이런가. 그런
자책들. 무언가에 시달린다는 건 그것에 현재진행형으로
마음을 쏟는다는 것이기도 해서, 밤에 마음을 쏟아 버리고
나면 낮에 쓸 마음이 없어진다. 사는 게 사는 것 같지
않아진다. 그리고 다시 밤. 악순환 속에 있는 기분.

야, 아니이. 아 진짜.

불쑥 채영이 말한다.

거기서 손 흔들어 봐.

채영은 눈을 감은 채 정자세로 누워 있다. 채영은 정말이지
너무나 분명한 목소리로 잠꼬대를 해서 나는 조금 놀란다.
채영이 몸을 뒤척인다.

내가 너보다 빨리 왔어.

채영은 잠꼬대를 잇는다.

누구 만나?

나는 작은 목소리로 묻는다.

어?

누구 만났어?

아니, 어, 맞다. 그거 갖고 오지 그랬어.

뭐라고?

나는 채영 쪽으로 상체를 기울인다.

…….

…….

이제 들어가자.

어디를?

채영은 눈을 감고 인상을 찌푸린다. 그러다 내 쪽으로 몸을 돌려 웅크린다.

아아아아아아 진짜 들어가기 싫다.

그래도 앞까지 왔잖아.

무서운데.

…….

…….

…….

진짜 무섭단 말이야.

괜찮을 거야.

…….

…….

내가 잘할 수 있을까?

…… 그럼.

뭐야, 그게.

채영이 눈을 감은 채 푸흐, 웃는다. 그러곤 아무 말도 하지 않는다. 입술이 살짝 벌어져 있고 평온하게 잠든 얼굴이다. 나는 똑바로 천장을 보고 눕는다. 그리고 채영의 잠꼬대가 이어지길 기다린다. 꿈속에서 채영은 어디에 들어갔을까? 어쩌면 면접실. 자신의 집. 아니면 누군가의 집. 혹은 내가 모르는 채영만의 장소들. 그곳으로 들어가기 전에 금방 깊은 잠에 빠져 버렸는지도 모른다. 그런데 나는 채영에게 묻고 싶은 게 있다. 한참 뒤 용기를 내어 나지막하게 말한다.

채영아, 혹시 너도 내가 미워?

……

밉지.

……

나는 내가 미워.

아니 몇 개를 잃어버렸는지 모르겠네. 채영이 다시
잠꼬대를 한다.

……

분명 세어 봤는데.

근데 있잖아, 채영아.

……

난 네가 안 밉다. 밉지는 않고 그냥 많이,

미안해, 라는 말은 하지 않는다. 미안해서 미웠다는 말은
하고 싶지 않아서. 그걸로는 충분하지도 적확하지도 않아서.
하지만 무엇보다…… 나는 조심스레 몸을 돌려 채영의 얼굴을
바라본다. 채영은 잠에서 깬 듯하다. 아까 전과 달리 미묘하게
굳은 표정이고 숨소리도 달라져 있다. 너 연기에 소질은
없구나. 그 소질 없음을 나는 모른 체하기로 한다. 채영은
자신이 무슨 잠꼬대를 했는지 모르니 아무렇게나 말을 이어
가고 있다. 나는 그걸 가만히 듣는다. 잠시 후 채영이 못
버티겠다는 듯 상체를 벌떡 일으킨다. 뭐야, 나 잤어 혹시?
잠긴 목소리로 묻는다. 응. 잠꼬대하던데. 나는 말한다. 내가
뭐라디? 뭘 자꾸 확인하고 세어 보더라고. 나는 언제부터
깼느냐고 묻지 않는다. 묻지 않았는데 채영은 방금 깼다고
얘기한다. 잠에서 깨자마자 눈을 떴더니 내가 가만 바라보고

윤단

있었다고 말한다. 야, 너 표정이 그리…… 심각해서는. 사람
깜짝 놀라게시리. 채영이 진저리를 치며 웃는다. 그래서 나도
웃는다. 미안, 하고 말해 버린다. 네가 정말 잠꼬대를 하길래
보고 있었어.

　채영과 나는 거실로 나선다. 채영이 허기가 진다며 초콜릿을
꺼내 먹자고 했기 때문이다. 그런데 방을 나오자 베란다
쪽에 쪼그려 앉은 선생님의 뒷모습이 보인다. 인기척을 느낀
선생님이 우리를 돌아본다.
　아직 안 잤어?
　자다가 깼어요.
　선생님은 뭐 하세요?
　선생님은 화장실을 다녀온 뒤 잠이 오지 않아 밤의 집을
만들었다고 한다. 거북이는 항상 채광이 필요하다고. 밤은
일광욕을 꾸준히 해야 더 건강해질 텐데 자꾸 숨는다고.
베란다에 새로운 환경을 만들어 적응시키는 중이라고
설명한다. 램프를 달면 계속 도망간다며 선생님이 곤란한
표정을 짓는다. 화장실의 빨간 대야보다 더 크고 넓은, 투명한
플라스틱 대야가 선생님 앞에 놓여 있다. 미지근한 물이 얕게
담긴 대야에 여과기를 달아 설치한다. 배설물이나 허물을
걸러 주는 역할이라고 한다.
　선생님이 밤을 들어 새로운 집에 내려놓는다. 밤은 낮보다
좀 더 빠른 속도로 기어 집에서 빠져나온다. 밤이 지나는
자리마다 물기가 남는다. 선생님은 손수건으로 물기를 닦아

낸다. 내가 선물로 가져온 올리브잎과 열매가 그려진 손수건.
밤이 가진 등딱지 무늬와 손수건이 잘 어울리는 것 같다.

채영과 나는 선생님 옆에 쪼그려 앉는다. 베란다 창에
쪼그려 앉은 세 사람과 밤이 흐릿하게 비친다. 우리는 밤이
우리 발끝 주변을 돌아다니다가 이윽고 조금씩 앞으로
나아가는 모습을 조용히 지켜본다. 밤은 느린 속도로 주름진
팔과 다리를 뻗는다. 나는 우리가 이 밤을 위해 어떤 시선을
기울이고 있는지를 생각한다.

이거 봐.

얼마 후 선생님이 말한다.

나는 보고 있다고, 정말 멋지다고 대답한다.

'데리다'의 사전 의미를 찾아보면
　'아랫사람이나 동물 따위를 자기 몸 가까이 있게 하다'라는 뜻이
나온다.

　누군가를 가까이 있게 하는 마음에 대해,
　각자 끌어안고 있는 것에 대해,
　그런 인물들이 만들어 내는 장면에 대해 생각하며 소설을 썼다.

미식 생활

이서수

1. 활활

나라의 입이 오물오물 야무지게 움직였다. 나라가 먹는 모습만 봐도 배가 부르다는 호린은 주문한 음식을 그대로 두고 술만 마셨다. 호린이 손대지 않은 국밥을 나라가 자기 앞으로 가져와 먹기 시작했다. 과연 알깨기가 말했던 대로 내장이 쫄깃했고 머릿고기는 부드러웠으며 육향이 감도는 국물은 감칠맛이 깊었다.

어떻게 돼지고기에서 이런 맛이 날 수 있죠? 구독자 20만을 보유한 알깨기가 지난주 방송에서 했던 말이다. 강력하게 추천하고 싶은 음식을 먹었을 때만 나오는 알깨기의 명대사도 이어졌다. 알이 깨지네요. 이제 막 태어난 기분이에요. 오예! 알깨기는 맛있는 음식을 먹었을 때만 알을 깨고 밖으로 나오는 캐릭터라고 나라가 설명하자, 호린이 심드렁하게 대꾸했다. 굳이 알을 깨고 나와야 하니.

미식에 호의적이지 않은 호린은 밥을 거의 먹지 않았다. 눈 뜨자마자 물컵에 소주를 따라 단숨에 삼키는 습관이 생기면서 빠르게 식욕을 잃었고 체중이 줄었으며, 매사에 의욕이 없어졌다. 알코올중독 문제로 세 번째 직장에서 잘린 뒤로 아직까지 다른 일자리는 구하지 못했다.

안주도 먹으면서 마셔. 그러다 속 버린다.

나라가 만날 때마다 잔소리를 하고 겁을 주어도 호린은 꿈쩍도 하지 않았다. 한 달에 한두 번은 꼭 만났던 그들은 이제 계절이 바뀔 때나 보는 사이가 되었다. 비슷한 계열의 플레이리스트를 공유했던 것과 야근을 마치고 늦게까지

영업하는 분식집으로 함께 달려갔던 일도 먼 과거가 되었다. 체형이 비슷하고 식성마저 다르지 않았던 그들은 외양부터 달라졌다. 호린이 안쓰러움을 불러일으킬 정도로 살이 빠졌다면 나라는 보기 좋게 살이 올랐다. 쪽갈비, 곱창전골, 오겹보쌈, 경양식돈까스, 돈코츠라멘, 차돌박이짬뽕, 갈치조림, 소꼬리찜, 마늘족발 등 알깨기가 방송에서 추천해 준 음식을 세포 하나하나가 흡수하는 느낌으로 다채로운 맛을 만끽하며 국물 한 방울 남기지 않고 먹는 것이 나라의 유일한 낙이었다. 그러느라 실수령 월급 3분의 1을 미식 생활에 썼지만 조금도 아깝지 않다고 생각했다.

　매주 금요일이면 나라는 알깨기의 방송을 보며 주말에 방문할 식당을 정했다. 1인 손님을 안 받는 곳인지 미리 확인했고, 받아 주는 곳이더라도 2인분을 주문해 가급적 절반은 포장해 왔다. 토요일 아침마다 현관을 나서는 나라의 가방 안엔 밀폐용기가 들어 있었다. 나라는 자신의 삶이 꽤나 만족스러웠다. 친구를 만나 수다를 떨거나 한강 공원에 돗자리를 펴고 앉아 야경을 바라보며 술을 마시는 건 더 이상 재미가 없었다. 친구들의 고민은 나라의 고민과 크게 다를 바 없었고, 아무리 머리를 맞대어도 뾰족한 해결책은 나오지 않았다. 머리를 맞댈수록 오히려 빈 술병만 늘어 갔다. 고민을 쌓아만 두는 건 지겹고 힘겨운 일이었음에도 차라리 아무 말도 하지 않는 편이 나았다. 말할수록 고민의 덩치가 물에 불린 미역처럼 커져서였다. 나라는 자신의 미역과 친구의 미역이 담긴 양동이를 번갈아 바라보며 술을 마셨다. 그러다

　　　　　　　　　　　　　　　이서수

견딜 수 없이 답답해지면 술자리를 박차고 나와 데이팅 앱을
열었다. 정신을 차렸을 땐 촌스러운 모텔에서 난생처음 보는
남자의 입술을 열렬히 빨고 있었다. 나라는 더 이상 자신의
입을 그런 데 쓰고 싶지 않았다. 직장 상사를 욕하고, 친구를
불러내 뻔한 고민을 나누고, 처음 만난 남자와 접촉하고,
자조적인 혼잣말을 중얼거리는 일엔 입을 사용하지 않으려
했다. 되도록 먹는 일에만 썼다. 그러자 나라의 입은 비로소
평온해졌고 제대로 기능했으며 나라의 중요한 일부로 듬뿍
사랑받았다.

　불안한 듯 주변을 자꾸 살피던 호린이 술을 한 병 더
주문하려 했다. 나라가 다급히 말리자 호린은 울상을 지었다.
나라는 냅킨으로 입가를 닦은 뒤 나직하게 물었다. 호린아,
혹시 너는 죽고 싶은 거야? 뜻밖에도 아무런 대답이 돌아오지
않았다. 호린을 만나는 게 오늘로 마지막이 될지도 모른다고
예감하자 나라는 화가 났다.

　이젠 술을 그만 마시라는 말도 하기 싫다. 듣지 않을
테니까. 너는 천천히 자살하려는 사람처럼 보여.

　호린은 빈 술병으로 눈길을 옮기더니 말했다. 나라야, 너는
무슨 재미로 살아?

　나라는 단호하게 말했다. 먹는 재미. 열심히 벌어서 맛있는
음식을 사 먹는 게 삶의 유일한 목표라고 생각하면 많이는
아니어도 꽤 재밌어.

　대단하네. 그런 생각으로 살 수 있다는 게.

　나라를 비웃으며 의자에서 일어나려던 호린이 뒤로 꽈당

넘어졌다. 취해서 그런 게 아니라 나라의 말이 이해가 안 되고 어떻게 저런 생각으로 살아갈 수 있을까 의아해하다 호린을 지탱하고 있던 기둥에 금이 쫙 가는 바람에 넘어졌다. 그건 단 하나 남은 우정의 기둥이었다. 10여 년 전 대학에서 처음 만난 호린과 나라가 함께 세운 기둥.

식당에서 나온 그들은 약간 떨어진 채로 걸었다. 둘 다 말이 없었다. 나라는 알깨기가 추천한 음식이 얼마나 맛있었는지, 그것만 생각하려 노력했다. 호린에 대해선 어쩔 수 없다는 마음이 컸다. 언뜻 봐도 호린은 망한 듯 보였고, 열심히 살려는 의지가 희박하다는 점에서 나라의 다른 친구들도 약간 망한 것 같았으나 나라는 아직 망하지 않았다. 다른 의미의 나라는 망해 가는 중이지만. 아이들이 태어나지 않으니 나라의 입은 머잖아 메마를 것이다. 나라는 자신과 다른 의미의 나라를 걱정하다 다시금 결심했다. 어차피 소멸될 나라에서 살아갈 수밖에 없다면 더더욱 먹는 존재가 되어야 한다고. 오로지 먹기 위한 목적으로 방문하는 장소에선 열망 넘치는 인간으로 힘껏 변신할 수 있었다. 현재가 유일했으며, 오롯했다.

나는 이제 모든 사람들한테 거리감을 느껴.

호린의 말에 나라는 왜 그러느냐고 묻지 않았다. 그러지 말라고도 하지 않았다. 그저 과거의 호린을 잊을 결심만 했다. 술을 마시지 않았던 시절의 호린을. 호린이 나라에게 주었던 많은 것들을(특히 리듬과 낡은 음악에 대한 것을). 도쿄와 후쿠오카로 함께 여행 갔던 추억과 같은 사람을 짝사랑해

이서수

서로 난처해하고 미안해했던 날들을. 나라에게 호린은
멀어져 가는 사람이며 점점 더 그렇게 될 것이다. 저렇게
술을 퍼마시다간 영원히 만날 수 없는 사람이 될지도 모르고.
그럴 가능성이 충분했다. 나라는 그런 예감을 떠올린 자신을
혐오하며 가방을 뒤져 민트캔디를 꺼내어 먹었다. 입안에
퍼지는 시원한 단맛이 나라의 기분을 붙들어 주었다. 바닥에
고꾸라지지 않게. 호린처럼 뒤로 꽈당 넘어지지 않게.

씹고 뜯고 삼키면 얼마간은 더 살 수 있을 것이다. 다음
주말이 시작되기 전까진. 그러므로 주말마다 나라가 부푼
마음으로 집을 나서는 건 참으로 기특한 일이며, 재미있게
살겠다는 의지가 활활 타오르는 청년의 모습을 포착할 수
있는 귀한 순간이다. 요즘 같은 때 그건 몹시 보기 드문
광경이기에 더욱이 그렇다.

2.   후후
──────────────────────────────────────
나라는 각종 생활 잡화를 생산하고 판매하는 작은 회사에
다녔다. 그러나 최근 들어 해외 직배송 쇼핑몰을 이용하는
구매자가 늘면서 회사 매출에 큰 타격이 발생하리라 예상되고
있었다. 나라는 '알리'에서 탁상용 조명등과 속눈썹 고데기를
구매해 보았고, 예상했던 것보다 이르게 하자 없는 물건을
배송받았다. 이대로 간다면 회사가 망하리라는 건 나라를
비롯해 직원들 모두가 알았다. 그즈음 자잘한 생활용품마저
해외 직배송으로 구입하는 사람들이 늘고 있다는 기사가

미식 생활

쏟아져 나왔고, 덕분에 그런 사실을 몰랐던 사람들도 필요한
물건을 더욱 저렴한 가격으로 구입하게 될 것 같았다. 그러나
나라는 본의 아니게 팁을 알려 준 기자나 한국 시장을
잠식하고 있는 해외 기업을 원망하진 않았다. 그저 일어날
일이 일어났을 뿐이라고 생각했다. 물류 운송 시스템의
발전이 정점을 찍은 시기가 하필이면 지금인 것이다. 하지만
정점은 어느 시대든 도래하기 마련이기에 나라는 딱히
억울해할 일도, 과하게 슬퍼할 일도 아니라고 생각했다.
산업구조의 빠른 변화가 어느샌가 당연하게 느껴졌다.

　나라는 언제 다른 회사로 옮겨야 할지 고민했지만 막상
회사에 출근하면 팀장의 식탐을 관찰하느라 그런 생각은 잠시
잊었다. 팀장은 유아기에 우량아 선발 대회에 나가 입상한
적이 있었고, 남다른 덩치를 어른이 되도록 잘 유지했으며,
나라 못지않게 먹는 일에 열성적이었다. 회사에선 식욕이
동하는 일이 좀처럼 없는 나라와 달리 팀장은 거의 매 순간
입속에 뭔가를 넣고 있었다. 과자나 떡 같은 간식부터 제로
슈거 탄산음료에 이르기까지 팀장의 입은 늘 뭔가를 먹느라
바빴다. 먹을 게 없을 땐 불붙이지 않은 담배를 입술에
물고서 오물거렸다. 마치 입이 비어 있으면 불안을 느끼는
사람 같았다.

　어느 날 팀장은 회식 자리에서 술에 취해 사적 고민을 불쑥
털어놓았다. 삶의 낙이 없다는 게 주된 내용이었다. 외롭다,
우울하다, 아침에 눈을 뜨면 죽는 게 낫겠다는 생각이 불현듯
밀려온다, 이러다 정말로 베란다에서 뛰어내리는 건 아닌지

　　　　　　　　　　　　　　　　　　이서수

모르겠다 따위의 말들이 이어졌다. 나라는 묵묵히 팀장의
잔에 술을 채워 주었다. 그를 연민하고, 가소롭다 생각하기도
하면서.

나라 씨, 내 말 좀 들어 보세요.

말씀하세요.

나라 씨 부모님은 어떤 음식을 자주 드시나요?

부모님이 안 계신다고 나라가 대답하기도 전에 팀장이
연이어 말했다.

우리 부모님은 항상 뜨거운 음식을 먹어요. 혀가 델
정도로 팔팔 끓인 국이나 찌개, 전골을요. 그래야 밥을 잘
먹은 것 같다면서요. 나하고 언니, 오빠가 다 부모님 집에
얹혀살거든요. 부모님까지 도합 다섯 명의 어른이 뜨거운
음식을 후후 불어 가며 씹고 삼키는 거예요. 그렇게 밥을
먹다 보면 문득 우리가 먹고 있는 게 음식이 아니라 열기인
것 같다는 생각이 들어요. 아버지 이마에 땀이 줄줄 흐르고,
엄마랑 오빠의 목덜미도 땀으로 젖어 번들거리고, 언니는
코를 훌쩍이고, 나는 땀과 콧물을 둘 다 흘리면서 국물을
뜨고 건더기를 건져 먹고 밥을 더 퍼 오고 언니랑 아버지도
한 그릇씩 더 먹고…… 밥을 다 드신 아버지가 자리에서
일어나 맥주를 가져오면 자식들이 앞다투어 잔을 내밀거든요.
얼음처럼 차가운 맥주를 목구멍으로 꿀꺽 넘기며 열기를
단숨에 가라앉히고 식사를 마무리해요. 식사도 노동이에요.
열정이 있어야 해요.

팀장님, 직원들이 우릴 째려봐요. 문 닫을 시간이 됐나

봐요.

문 닫기 전에 들어 봐요. 나는 어릴 때 아버지가 우릴 자주 데려갔던 삼양가든이란 고깃집이 자주 생각나요. 밑반찬으로 양념게장이 나왔는데 나는 불고기보다 그걸 더 좋아했어요. 게 다리는 정말 예술적으로 생겼잖아요? 그런데 우리 가족은 나만 빼고 다들 불고기를 더 좋아했어요. 흰 쌀밥 위에 올려 먹는 다디단 밤양갱이 아니라, 다디단 불고기.

팀장은 말미에 유행가를 흥얼거렸다. 경쾌한 리듬감이 돌연 멈추었다.

나라 씨, 나는 가끔 슬퍼져요. 내가 어릴 땐 다들 쌀밥을 먹었지만 그 전에는 밀가루를 많이 먹었거든요. 미국이 밀을 원조해 줘서요. 노동자들이 그걸 먹고 밤낮으로 일해서 이 나라를 일으켜 세운 거예요. 전쟁으로 폐허가 된 나라를. 그런데 후손들은 기름지고 다디단 걸 왕창 퍼먹으면서 그 반의반도 못해. 우린 다 망할 거예요.

나라는 동의할 수 없는 지점을 발견하고서 슬그머니 가방을 집어 들었다.

나라 씨는 역사를 잘 모르죠?

그래 보이나요?

사실 나라가 구독하는 알깨기의 방송에선 한국의 음식 역사에 관한 재미있는 일화들을 자주 소개해 주었다. 그걸 통해 나라는 한국 사회의 변화를 이따금 정리해 보게 되었지만 결국 입을 다물었다.

나라 씨는 무슨 생각으로 살아요?

이서수

나라는 마음속으로 답했다. 알깨기가 추천해 준 음식을
양껏 먹을 것. 형태를 갖춘 뭔가를 만들어 내지 못하더라도
불안해하지 말 것. 다가올 폐허를 모른 척할 것. 우리 안에
이미 자리 잡은 폐허를 외면할 것.

나라는 팀장을 일으켜 세우며 말했다. 그만 일어나세요,
팀장님. 일어나면서 말할 테니까 들어 봐요. 계산하세요,
팀장님. 계산하면서 말할 테니까 들으세요. 24만 8천
원입니다. 뭐라고요? 24만 8천 원이래요, 팀장님. 세상에!
우리는 고기를 너무 많이 먹는다니까. 돼지가 불쌍해.

나라는 계산을 마친 팀장의 팔을 살짝 붙들고 가게 밖으로
나왔다.

팀장님, 똑바로 좀 걸으세요.

똑바로 걸으면서 말할 테니까 들어 보세요. 내가 10대였을
땐 아버지 사업이 잘돼서 우리를 청계산 아래 고깃집에 매주
데려갔어요. 거긴 주로 소고기 등심을 파는 식당이 많았고,
강남에 사는 중산층들의 단골집이었어요. 그런데 나중에
우리 아버지 사업이 망했거든요. 하지만 자식들의 입은 그걸
몰라. 우리가 청계산 밑에 또 가자고, 꽃등심 사 달라고 조를
때마다 아버지가 두 눈을 크게 뜨고서 우리를 뚫어지게
쳐다봤어요. 이제야 아버지가 어떤 심정이었는지 알 것
같아요. 아이고, 머리야.

횡단보도 앞에 도착한 나라가 팀장의 등을 휙 떠밀어 먼저
보내려 했지만 도리어 가방끈을 잡아채이며 붙잡히고 말았다.

잔치국수 한 그릇만 먹고 가요. 근처에 멸치 육수를

기막히게 우려내는 데가 있어. 방송에도 나온 맛집이라니까.

맛집이라는 말에 혹한 나라는 순순히 팀장을 따라갔다.
미지근한 멸치국수와 시원한 알타리김치가 함께 나왔다.
팀장이 알타리무를 크게 베어 물더니 잇자국이 선명한 것을
나라의 그릇 위에 올려놓았다. 먹어 봐요. 잘 익었어. 나라는
의자에서 벌떡 일어났다. 팀장님은 식사 예절이 엉망이시네요.
나라는 떨리는 목소리로 크게 꾸짖고 나서 국숫집을
뛰쳐나왔다. 등 뒤로 국수가 뜨겁지 않다며 주인에게
항의하는 팀장의 목소리가 들려왔다.

너무 미지근하잖아요. 뜨거운 국물을 후후 불어 가며
떠먹어야 사는 것 같은데!

집으로 돌아온 나라는 일기장에 팀장 욕을 구구절절 적어
내려갔다. 그러는 동안 분노가 점점 가라앉았고, 비속어가
출현하는 횟수가 현저히 줄어들더니 이윽고 완전히 사라졌다.

—앞날을 예측하기가 어려울수록 불안과 우울감이
증가하는 법. 팀장은 그런 상황을 처음 겪어 보는 듯이
굴었지만 그게 말이나 되는가? 나이를 그렇게 먹고서도 그걸
모르다니. 혹시 다른 걸 계속 먹느라 나이를 덜 먹었다면
몰라도.

일기장을 덮은 뒤 천장을 보며 멍하게 누워 있던 나라는
문득 호린이 떠올랐다. 앞날을 예측하기 어려워 불안해한 건

이서수

호린도 마찬가지였다.

　이렇게 일만 하며 살다간 언젠가 머리가 돌아 버릴 것 같아.

　호린이 그렇게 말했을 때 나라는 냉소적인 반응만 보였을 뿐 위로해 주지 않았다. 도리어 짜증을 냈다. 너는 왜 그런 말만 하니. 나까지 우울해지잖아. 정신 좀 차리고 살자. 나라는 아무 말이나 지껄이며 호린의 등을 토닥였다. 이제 와선 다 늦은 일 같아 후회가 되었다. 그러나 이런 게 한두 개여야 말이지. 살아가는 건 후회가 조금씩 쌓이다 어느 순간 우르르 무너져 그 밑에 깔리는 것인지도 몰랐다. 다만 호린은 술독으로 넘어졌고, 나는 먹방으로 엎어졌지. 누가 더 나은가. 과연 누가 더 낫지? 살기 위해 먹는 것이 술이냐 밥이냐의 차이일 뿐 같지 않나……. 결국 그렇게 생각을 정리했으면서도 나라는 조금 울었다. 그러곤 베갯잇으로 뺨을 대충 닦고서 무표정한 얼굴로 알깨기의 방송을 시청했다.

3.　　오예

토요일 아침, 일찍 눈을 뜬 나라는 그날 방문할 식당의 오픈 시각에 맞춰 집을 나섰다. 지하철역으로 걸어가는 동안 가벼운 발걸음이 나라를 공중으로 두둥실 밀어 올렸다. 지난밤의 근심은 사라지고 설렘이 밀려왔다. 앞으로도 솜사탕을 들고 놀이공원을 걷는 아이처럼 주말을 보낼 수 있을까. 가능하다면 나라는 계속 그렇게 살고 싶었다. 과연 그게 가능할지는 모르겠지만.

미식 생활　　　　　　　　　　　　　　　　171

나라는 자신의 입이 언제 또 다른 일에 쓰일지 알 수 없어
불안했다. 물론 그때도 삼시 세끼는 챙겨 먹겠지만 매일 보는
동료의 뒷담화를 하고, 낯선 남자와 맞닿고, 주변 사람들에게
뾰족하고 무의미한 말을 내뱉으며 그 자신이 더 상처받아
곪고 썩는 일은 그만하고 싶었다. 그러려면 나라의 입은 늘
미식을 향해 열렬한 욕망을 품고 있어야 한다. 그건 알깨기
방송의 오프닝 멘트이기도 했다.

그 무엇에도 욕망을 느끼지 못하는 우리지만 미식을
향해서만은 무한하고 열렬한 욕망을 품어 봅시다.

아무것도 욕망하지 않는 사람들을 위한 먹방이라니. 모순을
진지하게 파고들 틈도 없이 나라는 그 말에 끌렸다. 욕망
없는 사람이 자기만은 아니라는 사실이 반가웠고, 욕망 없이
살아가고 있지만 인생의 재미 하나는 원한다는 소망에 마음이
기울었다. 나라는 그때부터 알깨기가 권한 대로 미식에
욕망을 품어 보기로 결심했다. 미식이 문화였던 시대를 지나
욕망 없는 청년 나라에겐 생존 방법이 되어 버린 시대가 온
것이다.

알깨기 방송 보고 오셨어요?

나라가 그랬듯 미라도 직원에게 식초와 후추를 부탁했다.
그건 알깨기가 제안한 방식이었다. 갈빗집에선 인당 두
개씩 갈비군만두를 서비스로 주었는데, 식초와 후추를
섞은 양념장에 찍어 먹으면 알이 깨지는 맛이라며 극찬했던
것이다. 알깨기가 제안한 킥을 알고 있는 사람을 언젠가

이서수

마주치게 될 거라 고대했던 나라는 기다리던 동지를 만난 날, 그도 자신만큼이나 의욕 없는 삶에 지쳐 가던 중 알깨기의 방송을 보고 삶의 재미를 되찾은 사람인지 궁금한 마음이 들어 자꾸만 힐끔거렸다. 동지의 이름은 공교롭게도 미라였다. 나라와 미라. 같은 '라'자 돌림이지만 외모는 판이하게 달랐던 두 사람은 알깨기의 알이 깨졌던 종로의 어느 갈빗집에서 옆자리에 앉은 인연으로 잠시 아는 사이가 되었다.

미라는 뼈말라 계열이었다. 지나치게 마른 몸을 몹시 동경해 뼈가 드러날 때까지 다이어트를 하고 또 하는 단호한 사람들이 뼈말라다. 얼핏 보면 비슷해 보여도 호린과는 달랐다. 호린은 뼈말라를 숭배하는 마음 없이 매일 술만 마셔서 피골이 상접한 상태가 되었다면, 뼈말라는 먹은 걸 토해 내거나(먹토), 씹다가 뱉어 내거나(씹뱉), 최소한의 양만 먹는다(절식)는 점에서 그랬다. 물론 식욕억제제를 처방받는 경우도 꽤 많았다. 미라는 첫 번째 케이스 같았다. 하수관으로 흘려보내기 전까진 비(非)뼈말라처럼 잘 먹는 타입. 미라의 상태가 그러하다는 것을 나라는 보자마자 알아챘다. 검지 옆면에 굳은살이 있어서였다.

나라가 먼저 말을 걸었고 미라가 그에 응해 주었다. 나라가 다음 행선지를 조심스레 묻자 미라는 곰탕집에 갈 예정이라고 시원하게 답했다. 알깨기가 극찬한 모둠 수육이 있는 집이었다. 저도 거기 가 보려고요. 나라의 말에 미라는 알깨기의 단골 멘트로 동지 의식을 일깨우려는 듯 오예!라고 외쳤다. 그들은 각기 다른 테이블에 앉았으나 점심 시각이 되어 손님이 떼로 몰려오자 자리를 합쳤다. 직원이 양해를 구하며 합석을 부탁했고 둘은 흔쾌히 들어주었다. 나라의 눈엔 식당으로 들어오는 사람들 모두가 알깨기 방송의 구독자처럼 보였다. 욕망 없이 살다 알깨기에 의해 없던 욕망이 일깨워지고 심긴 사람들. 나라의 가련하고 씩씩한 동지들이었다.

접시를 깨끗이 비운 후 양념 묻은 손을 씻기 위해 화장실에 들어간 나라는 칸막이 너머로 미라가 꺽꺽거리며 토하는 소리를 들었다. 사람이 아니라 짐승이 내는 소리 같았다. 나라는 식당 밖으로 나가 초조하고 슬픈 마음으로 미라를 기다렸다. 그날 처음 본 사람의 영혼을 걱정하는 자신을 낯설어하면서.

나라는 미라의 몸이 아니라 영혼에 대해서만 생각했다. 미라의 몸은 뼈말라 타입으로 완전히 개조되었고, 스스로도 어찌해 볼 도리가 없는 것처럼 느껴졌다. 뼈말라를 눈앞에서 보았더니 그런 생각이 절로 들었다. 타인이 간섭할 수 있는 영역의 문제가 아니구나. 당사자조차 어떤 사선을 넘어섰다고 직감하지 않을까. 생사의 기준선을 말하는 게 아니다. 몸을 활동체가 아닌 오브제로 탈바꿈하는 선, 그걸 말하는 것이다. 나라는 미라의 몸이 이름처럼 박물관에 누워 있는 미라에 가깝다고 생각했다. 인간의 영역을 떠난 몸. 공통점은 그뿐이고 차이점이 더 많다. 인스타그램에 박제된 이미지로서의 몸. 자극적인 사진이나 릴스로 존재할 때 가치가 오르는 몸.

이서수

    호린을 돕지 못하는 것처럼 미라 역시 나라가 도울 수
없을 것이다. 타인이 해 줄 수 있는 건 없는 듯 보였고, 미라
스스로 뭔가를 깨우쳐야 할 것 같았다. 너무 맛있어서 토하고
싶지 않은 음식을 먹는다든지. 하지만 그건 비뼈말라의
머릿속에서나 나올 법한 괴상한 해결책일 것이다. 어쩌면
미라는 지금 이대로도 행복하다고 생각할지도 모르지.
나라는 작은 돌멩이를 발끝으로 굴리며 생각했다.
    가게 밖으로 나온 미라는 낯빛이 약간 창백한 것을
제외하곤 말짱해 보였다. 두 사람은 자연스레 같은 방향으로
걷기 시작했다. 세운상가로 향하는 기다란 연결 통로를
걸으며 인근 건물의 사무실을 훔쳐보았다. 주말이었기에
책상 앞에 앉아 모니터를 들여다보는 사람은 없었고, 창가에
듬성듬성 놓인 화분들만 햇빛을 받고 한껏 노곤해져 있었다.
나라 역시 두 그릇의 공깃밥과 양념까지 긁어 먹은 2인분의
갈비 때문인지 식곤증이 몰려왔다. 곁에 있는 미라가
꿈속에서 만난 친구 같을 정도였다. 잠을 물리치기 위해
나라가 입을 열었다.
    알깨기가 추천해 준 음식을 먹을 땐 골치 아팠던 일들이
사라지지 않아요?
    맞아요. 오로지 음식 맛만 생각하게 되니까요. 오예!
    맛있는 걸 먹는 순간에만 살아 있다고 느껴요, 저는.
    저도 그래요. 오예!
    나라는 미라를 거짓으로 격려해 주고 싶었다. 뼈말라로
살아가느라 여간 힘들 게 아닐 것임에도 맛집 투어를 멈추지

않는 열성적인 삶의 자세에 놀랐다고. 미라의 모순적인
행동이야말로 삶의 양면성을 고스란히 답습하는 행위가
아닐 수 없다고. 맛있는 것을 먹고 토한다, 유용한 것을
취하고 곧이어 무용하게 만들어 버린다. 그런 자세는
가능성이나 희망을 엿 먹이려는 태도 같기도 했다. 그리고
그건 나라에게도 잠재되어 있는 자세였다. 왜 되도 않는
걸 시도하려고 했지? 추구했던 자아를 떠올리며 우울감에
잠식되는 대신, 자아를 재구성하기 위해 선택한 미식 생활에
진심인 그들은 앞으로도 계속 맛있는 음식을 먹고 오예! 하고
외쳐야 할 것이다. 그것밖에 할 수 있는 게 없고, 하고 싶은
것도 없었다.

눈앞에 종묘가 보였다. 거기서 헤어져야 할 것 같았다.
곰탕집에서 모둠 수육을 먹다 재회할 수도 있겠지만 나라는
두 번 다시 만나지 못할 사람에게 작별 인사를 건네듯 애잔한
눈빛으로 양손을 들어 천천히 흔들었다. 미라는 다음에 또
봐요, 오예, 오예! 하고 오예를 남발하며 발랄하게 멀어져
갔다.

발랄한 뼈말라 미라를 기억하자. 나라는 그렇게 다짐하고
뒤돌아 길을 건넜다.

4.   솔솔
만숙 씨가 틀어 놓은 라디오에서 옛날 가요가 흘러나왔다.
제목이 뭐였더라……. 나라는 방바닥을 데구르르 구르며

176   이서수

머리도 도르르르 굴렸다. 아하! '님은 먼 곳에'. 김추자가 부른 버전.

한때 호린은 김추자를 무척 좋아했다. 나라에게 앨범 커버 사진을 보여 주며 엄혹한 시절에 여성으로서 그처럼 자신감 넘치는 태도를 내보인 게 놀랍다고, 저절로 동경하게 되더라고 말했다. 나라는 김추자와 호린만큼 안 어울리는 조합도 없을 거라고 생각했다. 과거에 호린은 무얼 하든 흐렸다. 나라가 '흐린'이라는 별명을 붙여 주었을 정도로 흐렸다. 심지어 옷과 신발도 흐릿한 색상만 착용했고, 차림새만이 아니라 표정과 태도도 어딘가 모르게 흐릿했다. 그래도 맑고 온화한 기운은 항상 느껴졌는데 어느 날 뭔가 잘못된 것 같다고 말하더니 그때부터 무서울 정도로 술을 많이 마시기 시작했다. 도대체 뭐가 잘못되었다는 걸까. 사실 그들의 삶에서 잘못된 것을 찾자면 한두 가지가 아닌데.

의미 없다. 이런 생각은 그만하자.

나라는 얼마 전 알깨기가 어느 곳인지 알려 주지 않고 방송에 소개한 식당을 떠올렸다. 상호와 위치를 감춘 노포에서 알깨기는 순대와 막걸리만 주문했고, 기본 찬으로 나온 김치를 순대에 감싸 먹으며 알이 깨졌던 맛이라고 말했다. 깨진 맛이 아니라 깨졌던 맛. 조촐한 메뉴인데다 뒤편에 상대적으로 화려한 해물찜 식당이 나오는 바람에 해프닝처럼 지나간 방송이었지만, 나라는 그곳에 꼭 가 보고 싶었다.

도대체 거기가 어딜까. 건물 지하에 있는 시장 같기도 한데.

미식 생활

나라가 중얼거리는 말을 들은 만숙 씨가 그런 곳에 위치한 서울의 재래시장을 몇 군데 알려 주었다. 나라는 메모를 마치고 나서 물었다. 할머니의 인생 맛집은 어디야?

만숙 씨는 생각에 잠긴 표정으로 달래를 손질하다 입을 열었다.

양은 냄비에 밥 지어 팔았던 데. 냄비 뚜껑을 열면 김이 솔솔 올라왔어. 냄새가 그렇게 고소할 수가 없더라. 살려고 먹는 게 아니라 이걸 먹으니까 살 수 있는 거다, 그런 생각이 들었지. 옛날에 장사할 때 그 집에서 자주 먹었어. 이젠 사라지고 없을 거야. 다들 못살 때여서 갓 지은 밥에 반찬을 푸짐하게 내주는 식당이 얼마나 고마웠는지 몰라.

지금도 다들 못사는 때 같은데.

그때보다는 훨씬 잘사는 거야.

만숙 씨는 대꾸 없는 나라를 돌아보더니 덧붙여 말했다. 걱정하지 마. 산 입에 거미줄 안 치니까.

그 말과 달리 나라는 이제 산 입에 거미줄 치는 시대가 올 것 같다고 생각했다. 가령 나라가 다니는 회사를 보아라. 결국 일어날 일은 일어나게 되어 있다. 비슷한 물건이 두 개 있다면 저렴한 걸 구입하는 게 당연지사. 다른 국가보다 저렴하게 팔 수 있다면 승리. 그게 나라가 실감하는 신자유주의이자 글로벌 경제였다. 싸게 판다. 더 싸게 판다. 더더욱 싸게 판다. 싸게 부린다. 더 싸게 부린다. 더더욱 싸게 부린다. 그 밑에 깔려 있는 희생들은 보지 말아야 했다.

만숙 씨가 다시 강조하듯 말했다. 입이 있으면 먹을 게

이서수

생기게 되어 있어. 걱정하지 마.

　나라는 대답 없이 손질된 달래를 집어 들어 인중 위에
올려놓고 향을 들이마셨다. 만숙 씨가 직접 겪고 목격했을
'입'은 뭘까. 나라는 만숙 씨가 지나온 삶을 떠올려 보았다.
꿀꿀이죽을 먹었던 전후 시대 가난한 민중의 입(먹기 위해
사는 게 아니라 살기 위해 먹는다. 먹고 나서 배 꺼지니까
가급적 움직이지 말자). 혼분식장려운동에 동참했던
박정희 시대 긴장한 민중의 입(살기 위해 먹어야 하지만
가급적이면 밀가루를 먹자. 먹고 나서 배가 꺼지더라도 굶어
죽지 않으려면 어떤 일이든 하자). 백미를 많이 먹기 시작한
80년대 후반 달달해진 민중의 입(살기 위해 먹든 먹기 위해
살든지 간에 서울올림픽만은 잘 치르자). 육류를 즐기기
시작한 90년대 대중의 입(먹기 위해 사는 게 아니라 살기
위해 먹는다지만, 가끔은 먹기 위해 사는 것도 나쁘지 않다.
먹고 나서 배 꺼지니까 또 먹어야 한다). 맛집을 찾아다니기
시작한 2000년대 대중의 입(살기 위해 먹는 건 영 재미가
없으니 먹기 위해 사는 편이 낫다. 먹고 나서 배 꺼지길
기다리지 말고 운동으로 살을 빼자). 연이어 나라가 직접 겪고
목격한 '입'도 떠올렸다. 맛집을 일상적으로 서칭하며 다수가
미식가 대열에 들어선 2010년대 대중의 까다로운 입(먹기
위해 살려는 사람은 얼결에 대중문화의 선두에 선다. 먹고
나서 배가 꺼지더라도 혹시 남아 있을지 모를 열량을 소비해
절대로 살이 되지 않게 하자). 유튜브 먹방과 인스타 맛집
피드를 삶의 일부로 들여온 2020년대 대중의 과시적 입(먹기

미식 생활

위해 사는 사람은 보여 주기 위해 먹는 사람이 되어야 한다. 먹고 나서 배 꺼지기 전에 SNS를 휩쓴 디저트 카페로 가자). 그리고, 2030년대엔 어떤 입이 도래할까.

만숙 씨가 손질을 마친 달래를 싱크대로 들고 가더니 손을 대충 씻었다. 그러곤 거실로 돌아와 라디오 볼륨을 낮추고서 베개를 베고 바닥에 모로 누웠다.

낮잠 자려고?

응, 너도 좀 자.

만숙 씨는 젊은 시절부터 낮잠을 좋아했다. 어릴 때 나라는 낮잠을 즐기는 만숙 씨를 보며 인간은 원래 낮잠을 꼭 자야만 하는 동물인 줄 알았다. 그래서 학교에 가도 낮잠 자기 좋은 시간엔 늘 책상 위에 엎드려 잤다. 등짝을 맞더라도 일어나지 않았다. 낮잠만 제대로 잘 수 있다면 살아갈 만한 세상이겠다고 생각하면서. 그땐 미식이 아니라 낮잠이 삶의 동력이었는지도 모른다. 낮잠을 자기 위해 눈을 감는 순간엔 스스로를 그보다 더 잘 챙기는 방법은 없을 거라는 생각에 괜히 애잔해졌다. 그런데 나는 언제부터 나를 혹사시키며 살기 시작했을까.

만숙 씨의 코 고는 소리가 자장가로 들렸다. 나라도 낮잠에 빠져들었다. 그렇게 한 시간을 내처 자고 일어났더니 또다시 호린이 떠올랐다. 맑은 밤하늘에 돌연 번쩍이는 번개 같은 호린. 빛이지만 무서운 빛. 곧이어 내리꽂힐 폭우를 떠올리게 하는 빛. 언제부터 흐린 날씨가 사납고 절망적인 날씨로 바뀌었을까. 그건 천천히 일어난 일이 아니었다. 어느

이서수

날 갑자기 호린의 리듬이 깨졌고, 그들의 리듬은 완전히
틀어졌다.

　대학을 졸업하고 취업 준비를 시작하면서부터 호린은 중고
LP를 모았다. 돈이 없어 매번 무명 가수의 오래된 음반,
그중에서도 흠집이 많은 저렴한 것들만 사 와서 20분쯤
듣고 일어나 판을 뒤집어 끼우고 바늘을 홈 위에 내렸다. 한
면의 재생 시간이 고작 20분밖에 안 되었기에 그 행위를
반복해야만 했다. 나라도 호린과 함께 그런 음악을 들어 본
적이 있었다. 소리가 일그러지고 잡음이 심하게 끼어들기도
하는 노래를 귀 기울여 들었다. 매끈하게 이어지는 노래에
비하면 시간의 흔적과 상처, 슬픔 같은 것들이 배음처럼 깔려
있었다. 그때 호린이 했던 말을 나라는 아직도 기억했다.

　사람은 하루에도 서로 다른 여러 개의 리듬을 느끼며
살아가는 거 같아. 해 질 무렵이나 해가 뜨는 풍경을 바라볼
때 발생하는 리듬과 한낮에 횡단보도를 건널 때의 리듬, 잔디
위에 돗자리를 깔고 누울 때의 리듬이 다 달라. 그것들이
모여서 한 사람의 리듬이 되는 거야. 어떻게 해야 하루 종일
좋은 리듬을 유지할 수 있을까? 가능한 일이 아닐지도
모르지만 나는 그렇게 해 보고 싶어. 나를 좋은 리듬 안에만
두고 싶어.

　그랬던 호린은 언제 잘못된 한 가지 리듬에 빠져 버렸을까.
나라는 흐트러진 머리를 빗어 넘기는 만숙 씨에게 호린
얘기를 꺼냈다. 아직도 매일 술을 마신다고. 걱정되지만 어쩔
수가 없는 일인 것 같다고.

허이구, 걔가 왜 그럴까. 차라리 낮잠을 자지.

뭐라고, 할머니?

낮잠을 자 보라고 해. 술보다 100배 낫지.

나라는 방바닥을 구르며 큰소리로 웃었다. 호린한테 그렇게 말하면 어떤 대답이 돌아올까. 적어도 한 번 정도는 웃게 해 줄 수 있을 것 같았다. 나라는 믹스커피를 타러 가는 만숙 씨의 갈라진 뒤꿈치를 바라보며 물었다.

할머니, 100세까지 살기 위해 해야 하는 일은 뭐야?

넘어지지 않기.

그리고?

매일 좋아하는 거 한 가지는 꼭 하기.

나라는 만숙 씨에게 정말 그러고 있는지 물었고, 만숙 씨는 철저히 지키고 있으니 걱정하지 말라고 답했다. 몇 년 전 나라는 「모리의 정원」이라는 영화를 보고 나서 만숙 씨에게 꼭 100세까지 살아야 한다고 요청했다. 영화엔 30년 동안 집과 정원에 머무르면서 거의 외출하지 않았던 은둔 화가가 나온다. 그는 정원을 거닐거나 연못을 만들고 나무와 곤충을 관찰하면서 하루를 보내는데, 어느 날 정원 일을 마치고 돌아와 낮잠을 자다가 조용히 세상을 떠난다. 나라는 만숙 씨가 그런 죽음을 맞이하기를 바랐다. 나라의 엄마처럼 갑자기 사라지지 않기를, 100세까지 살다 낮잠을 자던 중에 나라 곁을 떠나 편안하게 영면하길 바랐다.

이서수

5.　물컹

회색 먼지가 내려앉은 두부 같은 모양새의 건물이었다. 잿빛
깃털 구름이 깔린 노을 아래선 제법 운치 있어 보였으나
어딘지 모르게 쓸쓸함이 느껴지기도 했다. 나라는 만숙 씨가
준 힌트를 바탕으로 식당 후보지를 두 군데 정했고, 그중 한
곳에 방문한 참이었다.

　이 건물 지하에 시장이 있는지 몰랐다. 내가 여길 왜
왔더라……. 곰곰이 생각해 보던 나라는 잊고 있던 기억과
맞닥뜨렸다. 데이팅 앱에서 매칭된 남자를 만나러 근처
술집에 왔었다. 나라를 만나자마자 소주를 들이켜며 상사
욕을 늘어놓던 남자는 취기가 오르자 나라의 지성을
테스트하려 들었다. 그린워싱이라는 말 알아요? 나라가
안다고 답하자 그는 모를 거라고 대꾸했다. 시사용어 퀴즈의
정답을 못 맞히면 나라가, 맞히면 그가 벌주를 마시는 게임을
하자고 제안한 직후였다. 나라가 정답을 연이어 맞히자 그는
어떻게 그런 것까지 아느냐면서 놀랐다. 나라는 알깨기의
방송 덕분이라는 말을 하지 않았다.

　그와 모텔을 나와 허름한 식당에서 선지해장국을 먹었다.
까맣게 덩어리진 돼지 피가 뚝배기 안에 화석처럼 담겨
있었다. 나라는 선지를 잘라 입속에 넣고 보기와 달리 물컹한
식감에 새삼 놀라면서 동물 피를 국으로 만들어 먹는 인간에
대해 생각했다. 그도 비슷한 생각을 한 모양이었다.

　가끔은 먹는 일이 참 기괴한 행위 같다는 생각이 들어요.
몸 안에 이질적인 걸 집어넣는 거잖아. 먹을 수 없는 걸 먹은

인간은 그 즉시 모멸당하고. 인간이야? 어떻게 저걸 먹어?
그러면서. 어릴 땐 선지를 먹을 수 없는 음식으로 분류했는데
지금은 잘 먹어요. 언제부터 변했지…….

　선지는 원래 소 피로 만들었는데, 이젠 공급이 부족해서
돼지 피를 많이 쓴대요.

　소 눈은 참 커요. 직접 본 적이 있는데 깜짝 놀랐어요. 눈이
너무 커서.

　눈을 오래 맞추며 말하는 사람은 무서워요. 왜 그렇게 자길
다 보여 주는 걸까요? 무슨 자신감으로?

　그와 나라는 마주 보고 앉아 각각 딴소리를 했다. 그런데도
묘하게 통하는 지점이 있는 것 같았다.

　우리 부모님은 서로 식성이 완전히 달라요. 아버지는
어촌이 고향인데 도시로 와서 온갖 고생을 했고, 음식을 맵게
먹는 습관이 생겼어요. 단순하게 매운 음식을 좋아하세요.
열무비빔밥에 고추장을 듬뿍 넣고 비벼 먹는 식. 청양고추를
매끼 먹어야 하고요. 그래서 밥을 먹을 때마다 얼굴이 벌겋게
달아오르는데 저는 그게 보기가 싫더라고요. 성공하지 못한
자괴감을 그렇게 해소하는 것 같아서요. 어머니는 도시로
와서 처음 돼지고기를 먹어 보셨대요. 어머니는 싱거운
산나물을 좋아해요. 심심한 빵도 좋아하고. 특히 식빵. 그런데
한번은 아버지가 식빵에 고추장을 듬뿍 발라 먹는 거예요.
도대체 무슨 맛으로 먹은 걸까.

　나한테 왜 그런 말을 해요? 나라는 의도했던 것보다 더
뾰족하게 묻고 말았다. 가족 얘기는 하지 마요. 두 번 다시 안

　　　　　　　　　　　　　이서수

볼 사이잖아. 그러나 뒤미처, 두 번 다시 안 볼 사이니까 그런 말을 하는 게 타당한 것도 같았다. 그래서 나라도 말했다. 우리 엄마는 복어를 먹고 죽었어요. 인간은 참 이상하지 않아요? 먹으면 죽을 수도 있는 음식을 요리해서 먹는 게.

잘못 요리하면 죽는 거죠. 그런 경우는 드문데.

드물어도 어디선가 일어나는 일이에요.

남자는 헤어질 때까지 나라의 눈을 똑바로 마주 보지 못했다.

복어를 먹고 죽었다는 건 사실이 아니었다. 나라의 엄마는 음독자살했다. 죽는 일에 입을 사용했다. 입은 노래 부르듯 그걸 쉽게 해냈다. 나라가 초등학교에 들어가기 전에 일어났던 일이다. 자살을 감행하기 전날 나라의 엄마는 낮잠을 자는 나라를 깨우더니 셔츠를 걷어 올리고 온몸에 입을 맞추었다. 부드럽고 뜨거운 입술이 피부에 닿을 때마다 나라는 간지러워 웃음을 터뜨렸다. 입술의 열기를 느끼며 그 사랑이 언제까지고 계속될 것임을 자신했다. 나라는 몸을 일으켜 엄마의 볼에 뽀뽀했고, 입맛을 다시며 다시 잠에 빠져들었다. 영원한 작별을 앞둔 낮잠이었다.

6.   오물오물

건물 지하엔 퀴퀴한 먼지와 눅눅한 습기 냄새가 퍼져 있었다. 미로 같은 통로를 한참 걷다 보니 고소한 음식 냄새가 풍겨 왔다. 나라는 걸음을 멈추고 부추전이나 국수를 먹고 있는

노인들을 쳐다보았다. 낮은 칸막이로 구획해 놓은 식당들이
잇달아 들어선 곳이었다. 알깨기의 영상에서 본 곳과
일치했다. 만숙 씨의 직감이 맞아 들었다.

　나라는 방송에 나왔던 식당을 찾아 안으로 들어갔다.
주인 할머니가 뒷짐을 지고 가까이 다가와 물었다. 뭐 줄까?
나라는 벽면에 붙어 있는 메뉴판을 보며 순대를 달라고
말했다. 그것만 줘? 나라는 막걸리도 추가로 주문했다.

　잠시 후 김이 모락모락 피어오르는 순대가 나왔다.
알깨기가 극찬했던 잘 익은 김치도 접시에 먹음직스럽게 담겨
등장했다. 나라는 알깨기가 그랬듯 김치로 순대를 잘 감싸서
한입에 먹었다. 달달하고 매콤한 김치와 쫄깃한 순대가
입속에서 뒤엉켰다. 나라는 그걸 오물오물 씹다가 꿀꺽
삼켰다. 그러나 기대와 달리 오예!를 외치기엔 역부족이었다.
고심해 보지 않더라도 합격점에 미달했다.

　나라는 젓가락을 내려놓으며 주변을 둘러보았다.
손님이라곤 만숙 씨 또래의 할아버지들뿐이었다. 그곳만이
아니라 옆집과 그 옆집도 마찬가지였다. 젊은 손님은
나라밖에 없었다. 나라는 남은 순대를 마저 다 먹고서
빈대떡을 추가로 주문했다. 순대 맛이 평범하다는 것에 화가
나지는 않았다. 오히려 궁금증이 커졌다. 지극히 평범한 맛에
놀라 처음으로 음식이 아닌 알깨기라는 사람이 궁금해졌다.

　주인 할머니가 얇은 빈대떡을 뚝딱 부쳐서 들고 왔다. 저짝
시장에서 파는 빈대떡보다 이게 더 내 입맛에 맞아. 먹어
봐. 맛이 어떨란가. 할머니의 빈대떡은 부침개에 가까웠지만

　　　　　　　　　　　　　　이서수

나라의 입맛에도 잘 맞았다. 나라는 막걸리를 추가로
주문했다. 할머니가 막걸리병을 슬렁슬렁 흔들며 걸어오더니
환한 미소를 지었다. 나라도 덩달아 미소를 띠며 물었다. 혹시
개인 방송을 하는 분이 자주 오지 않나요?

아, 우리 손녀.

뜻밖의 대답이 돌아와 나라는 말문이 막혔다. 할머니는
막걸리를 탁자에 내려놓으며 말했다.

가게 이름은 안 내보낸다고 했는데.

제가 우연히 찾은 거예요. 손녀분이 순대를 좋아하시나
봐요?

어릴 때 많이 먹었지. 옛날에 걔 엄마가 여기서 일했거든.
학교 갔다 오면 밥 대신에 순대랑 김치를 내줬어. 그땐 그런
여자가 별로 없었는데 야망이 참 대단했지. 걔를 뚝 떼어 놓고
공부한다고 멀리 가 버렸어. 지금은 어디 사는지도 몰라. 우리
손녀 방송 좀 많이 홍보해 줘. 좋아요 구독 눌러 줘.

나라는 이미 그러고 있다고 말한 뒤 요의를 느껴 자리에서
일어났다. 화장실로 걸어가며 직전에 들은 말을 머릿속으로
정리했다. 평범한 맛의 순대를 방송에 내보낸 건 연락이 끊긴
엄마를 찾고 싶어서였을까. 뻔하고 고전적인 이유라는 생각이
들었지만, 당사자에겐 그것이 결코 뻔하거나 고전적이지 않은
일이라는 걸 깨닫고는 흠칫 놀랐다.

화장실에 다녀와 비좁은 통로로 들어서다 누군가와
마주쳤다. 나라는 고개를 들었고, 걸음을 멈추었다. 누군지
못 알아볼 수가 없었다. 인사라도 하고 싶었지만 스토커라고

여길까 봐 망설여졌다. 그래도 고맙다는 말 정도는 해도
되지 않을까. 알깨기의 방송이 없었더라면 나라의 삶은 무척
어두워졌을 테니까. 알깨기가 음식을 먹으면서 들려주는 한국
음식 문화의 역사를 듣는 것도 빠뜨릴 수 없는 재미였다.
KFC는 1984년에 종로에 처음 들어섰고, 맥도날드 1호점은
1988년에 문을 열었다. 그 시기 전후로 외국의 프랜차이즈
기업이 줄줄이 들어오기 시작한 건 서울올림픽을 앞두고
세련된 나라로 보이기 위해 정부가 취한 조치였다. 그건
나라가 교과서에서만 보던 한국의 역사를 실감하는
방식이었다. 한국은 과거부터 지금까지 산업의 변화와 나라
안팎의 위상에 나름의 방식으로 대처해 왔으니 앞으로도
그럴 가능성이 크다는 희망을 품게도 했다. 그런 말을 전하고
싶었지만 나라는 결국 한마디도 하지 못했다. 할머니와
웃으며 대화하는 알깨기를 힐끔거리다 계산을 마치고 밖으로
나왔다.

평범한 맛의 순대 덕분에 나라는 잊고 있던 음식이 떠올랐다.
나라의 엄마가 만들어 줬던 수박화채였다. 지나칠 정도로
달아서 다 먹고 나면 입안이 끈끈해져 시원한 보리차를 한 컵
들이켜야 했다. 음식은 그저 음식이지 않고, 입은 그저 입이지
않다. 그것은 기억을 불러일으키고 생과 사에 개입하며
특정한 리듬 안에 잠기게 해 준다. 어쩌면 나라의 미식 생활은
앞으로 조금 다른 의미를 품게 될지도 몰랐다.

관광객들로 붐비는 거리를 걷고 있는데 나라의 휴대폰이
진동했다.

이서수

―나라야, 내가 술을 끊을 수 있을 것 같아?

　나라는 걸음을 멈추었다. 그건 나라가 오래전부터 기다려
온 질문이었다. 언제 물어봐 주나 목을 빼고 기다리다 지쳐
버려 호린을 잊기로 결심하게 만든 것이었다. 나라는 당연히
그럴 수 있다고 답하려다 망설였다. 그게 진실인가. 과연
호린이 술을 끊을 수 있을 것인가. 그럴 수 있다고 쉽게
답하고 격려해 주면 될 일인가. 나약해서 저 모양이라고
속으로 흉도 봤으면서. 나름 좋은 조건을 갖추었는데 왜 그리
힘들어하나 한심해했으면서. 그런 나에게 자격이 있나. 호린을
위해 뭔가를 할 자격이.

　언젠가 알깨기가 구독자에게 물은 적이 있었다. 알은
도대체 언제 깨질까요? 그건 그냥 지나가는 말이었고,
채팅창엔 대답 한 줄 떠오르지 않았지만 나라는 이제야
대답할 말이 떠올랐다. 알은 맛있는 음식을 먹었을 때에만
깨지는 게 아니다. 평범한 맛일지라도 소중한 기억의 리듬을
건드린다면 가차 없이 깨질 수 있다. 그리고 알이 깨졌다고
말하고 싶은 상대가 있을 때에도, 없는 줄 알았으나 뒤늦게
발견했을 때에도, 있는 줄 알면서도 망설였을 때에도 누군가
계속 지켜본다는 걸 알면 알은 기어이 깨진다. 나라는 오래전
엄마의 다짐과 호린의 물음을 겹쳐 보며 어떤 실망은 깨지고,
어떤 기다림은 태어나야만 한다고 생각했다.

　나라는 호린이 보낸 메시지를 손으로 움켜쥐는 것처럼
휴대폰을 꽉 쥐었다. 미약한 음을 길게 끌다 굉음으로 변하는

어둠의 전조를 모른 척하고 싶지 않았다. 미미해지다 이윽고
사라지는 소리를 못 들은 척하고 싶지 않았다. 죽음과 망각이
갖고 있는 성질을 업신여기고 싶지 않았다. 돌아오지 않는
사람을 기다리는 동안 희미해지고 투명해지다 끝내 얼룩으로
남은 걸 소매로 문질러 지우고 싶지 않았다.

그렇게 변해야 할까? 그렇게 변할 수도 있을 것이다.
그렇게 변하면 좋을까? 그렇게 변해도 좋지 않을 수 있다.
그렇더라도, 기다리던 말이 도착했으니 변하지 않을 수가
없다.

나라는 거리의 직선을 가로지르고 곡선을 휘돌아 빠르게
걸었다. 텅 비어 있는 나라의 입이 오물오물 저절로 움직였다.
살려는 움직임과 의지의 발현. 먹는다. 먹다가 말한다. 먹다가
노래한다. 입 맞춘다. 함께 뜨거워진다. 후후 분다. 꿀꺽
삼킨다. 오예!를 외친다. 흠집 가득하고 뭉툭한 소리를 내는
세상의 심장 박동을 고스란히 느끼면서 맛있는 음식을 씹고
삼킨다. 그러다 누군가의 알이 깨지려 할 땐 그걸 지켜봐 주기
위해 음식이 식더라도 식탁 앞을 떠난다.

이상하기도 하지. 내가 너에게 주고 싶은 건 수박화채를
닮은 것. 기억할 만한 게 아니라 발에 채일 만큼 평범한 말.
나라는 호린에게 보낼 메시지를 늦지 않게 입력했다.

—지켜볼게, 내가.

그건 나라가 할 수 있는 가장 좋은 리듬을 가진 말이었다.

이서수

삶이 공허하게 느껴지던 시기에 맛집을 찾아다니며 삶의 즐거움을 회복했던 경험이 있습니다. 그땐 행복의 빛깔과 모양이 너무 단순해 계속 이렇게 살아도 되는 걸까 고민했을 정도였지요. 그러던 어느 날, 맛있는 음식이 아니라 저와 마주 앉아 음식을 함께 먹고 있는 사람에게 눈길이 오래 머물렀어요. 온기와 달콤한 냄새가 그에게서도 피어오르고 있다는 걸 뒤늦게 깨달았습니다.

아픈 자여, 그대의 이름은 젊음이니

전승민

문학평론가. 우주가 우리에게 준 두 가지 선물은 사랑과 질문이다. 문학평론집 『퀴어-(포)에티카』(문학동네, 2024)와 산문집 『허투루 읽지 않으려고』(핀드, 2024) 그리고 『다시 만날 세계에서』(공저)(안온북스, 2025) 등을 썼다.

1, 젊은 소설의 괴로움

과거는 언제나 조금 더 나은 시절이며 현재는 늘 인류 역사상 최악의 시절이다. 오늘을 무뢰한처럼 점유하고 있는 고통이 어제의 손아귀에 납치되며 비로소 지나간 것이 될 때, 그것은 더는 우리를 옥죄는 폭력이 아니라 망각과 미화의 은총을 받는 겸허한 죄인이 된다. 문제는, 오늘을 어제로 만들 내일이 찾아올 기미가 없다는 것이다. 지금 이 시대는 무한동력으로 움직이는 영원의 루프홀 속에서 인간에게 영원한 현재만을 선사한다. 미래의 자리를 버젓이 차지하는 것은 뻔뻔한 오늘의 얼굴이다. 다윗의 반지에 새겨진 "이 또한 지나가리라(Hoc quoque transibit).”는 경구는 시대의 폭력과 미래 없음의 막연함 속에서 그 아우라를 점차 잃어 가는 듯하다. 아무리 노력해도 결과는 더 나은 쪽으로 변하지 않고, 개인의 의지와 상관없이 발생하는 생의 열악한 조건들 앞에서 우리는 속수무책이다. 자발적으로 생을 이르게 마감하는 자들의 그림자가 점점 더 길게 드리워진다. 떠나는 이들의 발목을 잡을 면목조차 없는 이 잔인한 시대에 소설은 과연 무얼 쓸 수 있는가. 젊은 소설들은 그리하여 괴롭다. 시대의 크고 작은 구멍들을 메우고도 남아 흘러넘치는 괴로움의 정동을 정직하게 견인할 외엔 다른 방법이 없다.

　괴테의 소설 『젊은 베르테르의 슬픔』(1774)에서 '슬픔'은 종종 '괴로움'이나 '고통'으로 번역된다. 독일어 원제 "Die Leiden des Jungen Werthers"에서 단어 Leiden이 세 가지 의미를 모두 품는 탓이다. 고통이 앓는 이의 감각이라면

이 병증은 괴로움과 슬픔이라는 정동을 자연스럽게 수반한다. 지극한 슬픔은 그 자체로 아프기도 하지만 사랑의 열정을 마땅한 이에게 전하지 못한 베르테르는 슬프기 이전에 몹시 괴로웠고 그래서 그는 고통의 한가운데에서도 사라지지 않는 사랑, 자신을 압도하고도 남는 뜨거운 에너지에 패배할 수밖에 없었다. 베르테르가 최후로 감행하는 자살은 그가 더는 생을 욕망하지 않아서가 아니라 정반대로, 이글거리는 그 욕망을 끝내 놓지 않고자 했기 때문이다. 열병에 시달리는 그에게 주어진 미래의 선택은 단 두 가지, 사랑을 부인하고 작위적인 일상의 평온 속으로 걸어 들어가든가, 아니면 사랑이 타오르는 불꽃 속으로 용감하게 걸어 들어가든가 둘 중 하나였을 테다. 너무나 젊었던 그의 영혼은 사랑의 진실함을 외치는 것 외에는 다른 길이 없다고 확신했으므로 주저 없이 그곳으로 걸어 들어갔다.

  베르테르의 이야기는 절절한 외사랑의 이야기이기도 하지만 한편으로 사랑이라는 초인간적인 힘에 대하여 그가 벌인 전투에 관한 이야기이기도 하다. 그는 사랑 앞에 항복했다. 역설적이게도 그가 패배한 이유는 그가 이제 막 삶을 살아 보려는 청년이었기 때문이다. 황혼의 사랑과 청년의 사랑이 같을 리 없다. 젊은이의 영혼은 좀처럼 둔감할 수 없다. 행복과 기쁨이 노년의 그것보다 배로 더 찬란하다면 고통과 슬픔 역시 매한가지다. 젊음의 수렁은 그 어느 시기보다도 깊고 어둡다. 어린 욕망이 틔우려던 싹을 짓밟힐 때의 아픔은 원숙한 나무의 가지가 부러지는 것보다도 더 큰 고통이다.

전승민

젊음에는 '처음'이라는 순수함이 깃들어 있기에 그렇다. 최초의 오염이 가장 치명적이다. 나이 들어간다는 것은 세계가 '나'에게 들이미는 오염의 폭력을 잇달아 감내하는 과정의 연속이므로 생에 대한 면역계가 마련된 중년과 노년의 인간은 면역 없는 젊음의 순수함이 감당해야 하는 치명상으로부터 비껴 나 있다. 베르테르는 젊었기 때문에 단 한 번의 사랑에 패배했고 그에 따라 자신의 남은 인생 전부를 걸어야만 했다.

나이듦과 면역계에 대한 지엄한 교훈은 거칠게 말해서 어떻게든 생을 지속하고자 하면 결국은 살아진다는 뜻이기도 하다. 이 진실은 미래의 변화 가능성이 담보되어 있을 때에만 유효하다. 그러나 오늘의 젊음들에게 과연 내일은 가능한가? 내일이 찾아오지 않고 무한한 현재의 담보 상태 속에서 생존이란 곧 살아가는 일 그 자체의 동의어로밖에 수신되지 않을 때, 젊음은 어떻게 생을 지속할 수 있는가? 소설은 그러므로 또 한 번 괴롭다. 현실을 타진하는 허구의 핍진함은 미래에 대한 상상력으로 화하지 않고 현실보다 더 리얼한 현실의 잔인함을 끌어내는 임무를 맡는다. 고통을 쓰는 손길이 아프지 않을 리가 없다. 게다가, 베르테르가 고투를 벌인 제 사랑의 대상은 실체가 있었다. 그러나 우리는 무엇과 전투를 벌이고 있는 것일까? 동시대의 적은 눈에 보이지 않는다. 그가 자신의 생을 무기로 사랑과 대적했다면 생존 그 자체와 싸워야 하는 이 시대의 젊음은 무엇을 무기로 들 수 있는가?

아픈 자여, 그대의 이름은 젊음이니

수록된 여섯 편의 소설은 베르테르가 경험했던 바로 그
고통의 한가운데에 선다. 자기 안에서 솟는 욕망을 제 손으로
그러쥐고자 하지만 허공만을 더듬는 두 손을 망연히
바라보는 쓰디쓴 젊음을 그린다. 살기 위해 먹는 것도 아니고
먹기 위해 사는 것은 더더욱 아니라는 이중 미로 속에서
그들은 술독에 빠지고 (이서수, 「미식 생활」) 어엿한 개인으로
독립적인 생활을 꾸려 나가 보고자 애쓰지만 그럴수록
멀어지는 관계의 조각들은 어찌할 도리가 없다. (남궁지혜,
「팔뚝의 노릇」) 인간의 본능적인 쾌락에 탐닉하며 생의
고통에 대한 마취제를 강구해 보기도 하지만 (돌기민, 「불가마
데이트」) 그 원초적인 동물성은 욕지기를 치밀어 오르게 한다.
(양수빈, 「숲속에는 축복이」) 험난한 시절을 함께 통과해
온 가족은 때가 되면 이별해야 할 죄의식이 되기 마련이고
(양기연, 「홀로틀의 포옹」) 오랜 시간이 지나 다시 만난
사랑하는 이들은 각자의 트라우마 속에서 버둥거리며 함부로
서로를 꺼안지 못하고 상처받기 쉬운 마음을 위악으로 감춰
본다. (윤단, 「친구를 데리고」)
　이것이 우리 시대의 젊음, 젊은 소설들이 온 힘을 다해 그려
낸 세계와 인간의 모습이다. 어느 하나 쉽게 찾아오는 행복이
없다. 아니, 행복이 과연 실재하기나 하는지 의문일 따름이다.
소설들이 입을 모아 외치는 질문은 하나다. 우리는 왜 살아야
하는가? 질문하는 이는 강하다. 이들은 함부로 낙관하지
않지만, 함부로 좌절하지도 않는다. 이 시대 젊음의 저력이
바로 여기에 있다. 세계가 미지의 내일이 가져다줄 변화

　　　　　　　　　　　　　　　　　전승민

가능성을 내어 주지 않을 때, 그들은 최대한으로 앓으면서 포기하지 않는다. 그들은 다정함을 함부로 내어놓지 않는다. 이미 임계치를 넘어섰으므로 폭력적인 세계의 잔인함은 작은 다정함들로는 역부족이라는 것을 안다. 대신, 그들은 고통을 핍진하게 살아 내는 방식으로 생을 열렬히 사랑하며 보다 근원적인 문제를 직시해야 한다고 진중하게 말한다. 관계의 깨어짐과 소외감, 출구 없는 피로와 소진은 혼란한 각자도생의 시대 안에서 우리가 비로소 우리일 수 있는 공통 감각이다.

　여섯 편의 이야기를 읽으며 당신은 못내 괴로울 것이다. 한 번은 이것이 바로 우리 시대의 현실이라는 것을 부정할 길이 없음에, 또 한 번은 소설도 당신도 이렇다 할 대책을 낼 수 없음에 절망할 수도 있을 것이다. 그러나 설익은 미심쩍음을 숨긴 채 '괜찮다.'라고 말하는 위선보다 아픔에 못 이겨 위악으로라도 생존을 도모하는 끈질긴 열망은 생의 난관들을 돌파하는 실제적인 힘이 된다. 처방은 병증의 파악이 상세히 탐색되고 난 후에야 비로소 가능하다. 우리 곁의 젊은 소설은 함부로 위로하지 않는다. 함부로 충고하지도 않는다. 다만, 함께 앓는다.[1] 그것이 고통으로 점철된 이 시대를 건너 오늘과 다른 내일로 기어코 나아갈 수 있는 최후의 저력임을 알기 때문이다.

1　"냉정하고 이성적인 인간이, 이처럼 불행한 사람의 상태를 높은 곳에서
　　내려다보고 충고한들 무슨 소용이 있을까요. 아무리 건강한 사람이
　　환자의 병상 옆에 있어도, 환자에게 조금도 힘을 불어넣어 줄 수 없는 거나
　　마찬가지예요." 요한 볼프강 폰 괴테, 『젊은 베르테르의 슬픔』, 박찬기 옮김,
　　민음사, 1999, 81쪽.

아픈 자여, 그대의 이름은 젊음이니

2. 연결의 어려움: 이서수 「미식 생활」, 남궁지혜 「팔뚝의 노릇」

죽고 싶은 마음과 사는 이유를 모르겠다는 마음은 다르다. 전자는 생의 중력이 너무 버거운 나머지 항복만이 유일한 길이라고 생각하는 소진된 마음, 후자는 그 중력과 한창 맞대결을 벌이고 있으나 전투의 목적과 이후의 시간을 가늠할 수 없어 혼란한 마음에 가깝다. 그러나 둘은 그 무엇보다 이 삶을 '제대로' 살고 싶다는 동일한 욕망을 품고 있다는 점에서 같다. 이서수의 「미식 생활」에는 위의 두 가지 물음을 양손에 쥐고 그 딜레마의 팽팽한 긴장을 식(食) 행위로 달래 보려는 두 여자가 나온다. 알코올중독인 호린은 과연 자신이 마주하고 있는 것이 죽음에 대한 욕망인지 아니면 삶에 대한 간절함인지 구분하기 어려워하고, 같은 식탁에 나란히 앉아 있으면서도 그녀를 다소 한심하게 보기도 하는 나라는 맛집 투어를 삶의 이유로 정하고선 호린과 달리 자기 삶은 꽤나 만족스럽다고 천연덕스럽게 되뇌지만, 그 평온함은 음식을 먹는 동안만 유효하다. 자발적으로 느린 죽음을 향해 자학의 술잔을 기울이는 호린의 위악과 유튜버 알깨기가 선정한 맛집을 돌면서 미식에 탐닉하는 것이 진실로 재미있다고 단호하게 말하는 나라의 위선은 모두 삶다운 마땅한 삶에 대한 욕망을 향해 기울어져 있다.

망해 버린 세계에서 한 사람은 술독에 빠진 나날들을 보내고 다른 한 사람은 맛있는 음식을 알차게 먹는 것으로 몸을 살찌운다. 밥과 술, 각자도생의 서로 다른 임시방편을 고르며 멀어져 가던 십여 년의 우정은 깨어질 위기에 처한다.

전승민

그러나 삶이 곧 생존과 동치되는 현실이라 하더라도 나라를
생존에 성공한 자로, 호린을 실패한 자로 볼 수 있을까?
주말만을 기다리며 일주일 치의 삶을 그때그때 연명하는
나라는 과연 삶의 주체가 되었다고 말할 수 있을까?
그러니까, 나라가 호린을 비난하고 냉정하게 거리를 둘 만큼
두 여자의 삶은 다르다고 할 수 있을까? 나라는 호린을
염려하지 않는 것이 아니라, 실상 자신이 호린에게 무엇을
해 줄 수 있을지 알 수 없어 한다. 그래서 어떻게 써야 할지
모르는 입과 두 손을 일단은 식탁 앞에서 제 기능에 충실하게
사용해 보는 것이다. 여러 개의 식탁을 뒤로하고 소설이
궁극적으로 뒤쫓는 것은 서로 다른 갈림길에서 멀어지는 듯
보이는 우정의 행방이다.

먹는 행위와 연관되는 의성어와 의태어로 제목 지어진
여섯 개의 부는 나라의 주변인들 또한 그녀들과 동일한
삶의 딜레마에 봉착해 있음을 차례로 보여 준다. 소설의
인물들에게 고유한 욕망이 부재하기 때문에 그들이 식생활에
골몰하는 것이 아니다. 오히려, 자기 안의 끓는 에너지가
마땅히 가닿아야 할 대상에 무사히 안착하지 못하여
방황하는 힘이 불시착한 곳이 그저 식탁 앞일 뿐이다. 가령,
한입 베어 물어 잇자국이 또렷한 김치를 떡하니 나라의
그릇에 올려 두고도 아무렇지 않아 하는 팀장은 빌런이라기
보다 증상적인 인물에 가깝다. ("식사도 노동이에요. 열정이
있어야 해요.") 인물들에게 식사는 인간다운 삶이 불허된다면
우선 숨이라도 붙어 있자는 제스처, 필사적인 생존의

아픈 자여, 그대의 이름은 젊음이니

몸짓이다. 그래서 소설의 '미식'은 실상 미식(美食)이 아니라 미식(未食)—아직 먹지 못함이다. 노동과 열정을 투입할 대상을 허락받지 못한 이들의 식사는 섭취일 뿐, 인간다운 밥상을 차리고 누리는 시간은 아직 다가오지 않았다. ("미식이 문화였던 시대를 지나 욕망 없는 청년 나라에겐 생존 방법이 되어 버린 시대가 온 것이다.")

나라는 마치 순례자가 순례길에 오르듯 여러 식탁을 돌면서 이전 세대의 식생활과 동시대의 그것을 비교하고 대조해 본다. 그녀는 할머니 만숙 씨가 지나온 삶을 떠올리며 1980년대부터 10년 단위로 2020년대의 식문화를 비평한다. 삶과 생존, 행복과 먹는 행위 사이의 역학이 시대별로 바뀌는 것을 명철하게 가늠한다. 한국 근현대사의 이행 속에서 식사는 목숨을 부지하기 위한 처절한 생존에서 재미와 쾌락의 의미를 지나 과시적 소비로 변천한다. 동시대인으로서 자신의 처지를 마냥 비관하지 않고 객관적인 시선으로 짚어 보는 나라의 태도는 초국가적인 신자유주의의 위기 속에서도 중심을 잃지 않게 해 주는 것처럼 보이나 ("그저 일어날 일이 일어났을 뿐이라고 생각했다. 물류 운송 시스템의 발전이 정점을 찍은 시기가 하필이면 지금인 것이다. [……] 나라는 딱히 억울할 일도, 과하게 슬퍼할 일도 아니라고 생각했다.") 그 냉철함 역시, 그녀의 맛집 기행처럼 오늘의 폐허를 어떻게든 견디기 위한 자구책에 불과하다. 위기를 분석한다고 해서 그 위기를 직접 통과하는 이의 괴로움까지도 미분되어 사라지는 것은 아니다.

전승민

한편, 3부에 등장하는 미라는 나라가 분석한 2020년대의
과시적인 소비 행위로서의 식생활을 몸소 예증하는 인물이다.
먹은 것을 토하는 "뼈말라 타입"의 여성인 미라는 유튜버
알깨기의 구독자로서 동지 의식을 공유한다. ("오예!") 나라는
식사를 마치고 화장실에서 토하는 미라의 소리를 들으면서
진심으로 슬퍼하고 염려하는데 이는 십년지기인 호린이
술에 취해 토로하던 괴로움 앞에서 정색하며 짜증을 내던
태도와 사뭇 다르다. 나라가 미라와 호린에 대해 보이는
대조적인 반응은 의미심장하다. 사랑하는 가까운 이들의
고통 앞에서 우리는 때로 멀찍이 달아나며 더욱 차가워진다.
그러나 "오브제"로 바라볼 수 있는 타인, 내 삶에 실질적인
영향력을 행사하지 않고 앞으로도 엮일 가능성이 희박한
타자에게는 서슴없이 진실한 동정을 발휘할 수 있다. 이러한
마음의 역설이 우리를 더욱더 각자도생의 처지로 내몬다.
물리적으로 고립된 상황은 아니나 실질적인 연대와 공감이
희박해질 수밖에 없는 세계의 폐쇄성은 아연하다. 힘들어하는
이의 손을 붙들고 싶지 않은 게 아니다. 그러나 어떻게 잡아야
할지 도무지 갈피를 잡을 수 없는 것이다. 자신의 삶에서도
주도권을 쥘 수 없어 힘들어하는 이가 타인이 붙들 동아줄을
내려 줄 수 있다고 확신할 리 만무하다.

희망의 사소한 계기는 아주 우연히 나타난다. 알깨기가
익명으로 추천한 맛집을 찾아간 나라는 맛집이라고 말하기엔
다소 무색한 허름한 식당에서 알깨기의 할머니를 만나고
그녀 역시도 자신과 마찬가지로 엄마의 부재와 상실을 삶의

아픈 자여, 그대의 이름은 젊음이니

근원적 결핍으로 껴안고 있음을 알게 된다. 지극히 평범한 맛의 순대와 김치의 조합은 나라가 잊고 살던 수박화채의 맛을 살려 내고, 나라는 이내 "음식은 그저 음식이지 않고, 입은 그저 입이지 않다."는 깨달음에 도달한다. "기억을 불러일으키고 생과 사에 개입하며 특정한 리듬 안에 잠기게 해"주는 음식은 생존 수단이나 생존 그 자체로 물화되지 않고 삶의 한가운데로 끼어들어 오는 생동하는 감각으로서의 경험이다. 삶으로서의 음식이다. 행복과 불행, 과거와 현재, 그리고 미래까지 모두 품을 수 있는 진정한 미식(美食)의 층위다.

   자신을 일주일 치씩 만큼 구해주었던 알깨기에게도 같은 상처가 있음을 본 나라는 무엇을 먹느냐가 아니라 누가 먹느냐가 중요하며, 그보다 더 중요한 것은 실상 누구와 함께 먹느냐의 문제라는 것을 알게 된다. 살아가는 최종적인 이유라고 장담할 수는 없으나 우선, 삶다운 삶, 음식다운 음식 앞으로 가기 위해서는 함께의 감각이 간과할 수 없는 중요한 조건이라는 것을 각성한다. "알은 맛있는 음식을 먹었을 때에만 깨지는 게 아니다. [⋯⋯] 알이 깨졌다고 말하고 싶은 상대가 있을 때에도, 없는 줄 알았으나 뒤늦게 발견했을 때에도, 있는 줄 알면서도 망설였을 때에도 누군가 계속 지켜본다는 걸 알면 알은 기어이 깨진다."는 말은 곧, 식탁 앞에서 누군가와 동석할 때 비로소 '깨질' 수 있다는 뜻이다. 관계라는 그물로 지어진 삶, 불행과 행복이 무작위로 실뜨기 놀이를 벌이는 삶의 거미줄 위로 용감하게 함께, 한 발 내딛을 수 있을 때 미식(美食)은 시작된다.

때마침 호린으로부터 절박한 문자 한 통("나라야, 내가
술을 끊을 수 있을 것 같아?")이 도착하고, 나라는 그것을
기계적인 의문문이 아니라 도와 달라는 다급한 구조
요청으로 수신한다. 죽음을 강렬하게 원하는 마음은 치기
어린 자학이 아니라 더는 이렇게는 살고 싶지 않다는
간절함이라는 것을 알게 된 나라는 호린의 문자와 더불어
자신의 마음 또한 새로 고침한다. 결국, 그녀는 음독자살한
엄마가 남긴 트라우마를 있는 그대로 직시하기로 결심하고,
물론 그 변화의 과정과 이후의 국면에 대해서도 (식문화에
대한 냉철한 비평을 했던 이답게) 조심스러운 태도를
보이지만, 그것은 소심함이나 부정적인 태도가 아니라 인생의
미식을 새로이 시작하려는 이의 진중한 신중함이다. 그녀는
환하게 웃으며 곧바로 낙관할 만큼 미숙하지 않다. 이미
충분히 괴로웠기 때문이다. 그 신중함으로 나라는 호린에게
자신이 가진 "가장 좋은 리듬"을 주기로 한다. 그것은
'내'가 '너'를 곁에서 내내 지켜보겠다는 다짐, '너'를 떠나지
않겠다는 지지의 마음이다.

～～～

각자의 괴로움에 대하여 서로는 그 무엇도 해결해 줄 수
없을 때, 그러나 다만 옆에 있겠다는 마음의 깊이는 문장의
단순함과 정확히 반비례한다. 결코 가볍지 않다. 남궁지혜의

아픈 자여, 그대의 이름은 젊음이니   205

「팔뚝의 노릇」은 그 곁을 지키고자 하는 사람이 감내하는
또 다른 힘듦, "내장 깊숙이 소화해야만 해낼 수 있는 그런
마음"에 관한 이야기다. 사람이 성장하면 우정과 사랑도 그
모양을 달리한다. 변화무쌍한 생의 리듬 속에서 시종일관
함께 하겠다는 결심 또한 그에 따라 실천의 양상이 바뀔
수밖에 없다. 만약, 예측 불허의 그 변화율을 감당하지
못한다면 '너'와 '나'의 함께함은 요원해질 터이다. 그래서
이 소설은 성인기의 성장담이다. 같은 교실에서 매일 얼굴을
마주하던 친구와의 관계가 대학 시절과 결혼 생활을 거치면서
이전과 다른 양상으로 변모할 때, 그와 더불어 변하는 사랑과
의존의 다면적인 복잡성을 수용해야만 하는 이의 불가피한
성장통을 그린다.

　　미리 말해 두자면 이 소설은 세계의 변화나 특정 사건을
통한 '나'의 변모를 담지 않는다. 소설은 갈림길 앞에 선
'나'(선양)의 요동치는 마음을 보여 주는 데에서 끝난다.
성인의 성장은 주체의 의지와 선택의 문제이기 때문이다.
무더운 한여름에 두 여자가 함께 가구를 조립하는 것으로
시작되는 이야기는 간만에 걸려 온 친구 기선의 전화에
불안과 두려움을 먼저 느끼는 선양의 입장에서 전적으로
서술된다. 소설의 일인칭 시점은 선양이 기선과 제형 부부를
바라보는 일관된 불편함을 전하기에 안성맞춤이다. 중학생
때부터 단단한 결속으로 이어져 있던 선양과 기선 사이에서
기선의 남편 제형은 명실상부한 적대자다. 두 여성 사이의
긴밀한 우정과 애정에서 갑자기 끼어든 한쪽의 '남편'은

　　　　　　　　　　　　　　　　전승민

선양이 물리쳐야 할 적이 된다. 언뜻 선양이 싸움에서 이겨야 할 쪽은 남편 제형인 것처럼 보이나 실상 선양이 정말로 통과해야 하는 싸움은 그 적대자를 사랑하는 자, 선양의 한 '팔'과도 같은 기선과 벌여야 한다.

기선과 선양이 만드는 가구는 위스키 선반으로 기선이 제형에게 줄 선물이다. 빗길에 넘어져 한쪽 팔이 부러진 기선이 선양에게 겸연쩍어하며 도와 달라고 연락한다. 시종일관 제형이 마음에 들지 않는 선양은 만날 때마다 그를 '못난 놈'에 비유하며 마치 기선이 잘못된 선택으로 '나쁜' 결혼을 했다는 듯 비난을 숨기지 않는다. ("제형이가 이런 네 헌신을 알아줘야 하는데." "네가 아까워. 걔가 백번 잘해야 돼.") 기선이 둘의 사랑이 무사하며 일방이 아니라 서로 위해 주며 지낸다고 굽히지 않지만, 선양은 아랑곳하지 않는다. 그러나 실상 제형에 대한 선양의 날 선 마음은 제형의 인격 그 자체를 공격한다기보다 기선이 택한 결혼 제도를 향해 있다. 선양은 비혼을 지향하는 여성으로 독립한 지 6년 차인 1인 가구로 생활 중이다. 비혼과 기혼이라는 양립할 수 없는 두 선택지를 각기 고른 여성들의 마음은 좀체 한 곳으로 다시 이어지기 어려워 보인다. 그도 그럴 것이, 과거에 선양과 기선은 공범이자 전우로서 강한 연대체를 이루었던 경험이 있고 ("왕뚜와 육개" 일화) 비혼에 대한 확고한 신념, 장가는 잘 갈 수 있어도 시집이란 것은 결코 잘 가는 것일 수 없다는 믿음 속에서 선양에게 결혼이란 여자에게 애초부터 일방적인 희생으로 지어진 '집'이기 때문이다.

선양의 비난조 어린 말들 앞에서 희미하게 웃던 기선도 가만히 있지만은 않는다. 그녀에게도 자신의 사랑과 삶의 형태에 대한 선택을 주장할 권리가 있다. 별일 없냐고 묻는 선양의 말에 대해 "별일이 있어야만 할 거 같아. 네 말을 들으면."이라고 서늘하게 답하던 그녀는 이내 되묻는다. ("너는 잘 지내니.") 겉으로는 잘 드러나지 않지만 내심 선양의 진심을 잠시나마 멈춰 세우는 이 말의 의미심장함을 선양 역시 놓칠 수 없다. 기선의 조용한 반격이다. 남자와 결혼했다는 것만으로 희생과 불행, 인내의 기호와 자신의 삶을 등치시키는 무례를 멈춰 달라는 우아한 엄포다. 선양의 날카로운 말들이 자신을 아끼고 사랑해서 나오는 것임을 모르지 않으므로 기선은 그녀와 똑같이 날을 세우지 않고 서로 다른 선택을 한둘의 길을 모두 감싸는 모호한 안개를 부드럽게 끌어안기로 하는 것이다. ("여전히 불확실하고 희미해. 그게 불행하다는 의미는 아니야. 너도 그렇잖아.") 뾰족한 마음의 각도를 모르지 않으나 그 날에 함부로 베일 수는 없다는 성숙한 태도는 회피가 아니라 오히려 진심으로 관계를 아끼는 마음이다. 상처는 돌이킬 수 없음을 기선은 아는 것이다.

한편, 선양이 기선에게 품은 마음이 순수하게 우정인 것인지 아니면 퀴어한 사랑의 마음이 얼마간 스며 있는 것인지를 판별하는 것은 사실상 무의미하다. 본디 깊은 우정에는 사랑이 깃들기 마련이고 오래 지속되는 사랑의 기저에는 든든한 우정의 토대가 자리하기 때문이다.

전승민

중요한 것은 마음의 분류(이름)라기보다 마음의 작용과 그 결과다. 성희롱한 남학생을 합심해 처단한 후로 선양은 기선을 제 몸의 일부로 삼게 된다. ("너 대신에 내가 될 수 있고 나 대신에 네가 되어 줄 수 있는 것들.") 어린 날의 우정은 '너'에게서 '나'를 발견하며 자라지만 어른의 우정은 '너'에게서 보이지 않는 '나'와 '나'에게서 멀어져 가는 '너'를 수용하며 깊어진다. 자신이 지켜 준 기선의 날들처럼, 기선의 신념을 지켜 준 제형의 마음을 선양 또한 받아들여야 한다.

요컨대 두 여자가 함께 자라면서 그 '함께'함의 국면 또한 성장하고 변한다는 것을 선양은 아직 알지 못한다. 기선을 한 여성이자 인간으로 사랑한다면 기선의 선택과 욕망 또한 오롯하게 그녀의 것으로서 존중해야 함을 아직 모른다. 그녀는 여전히 기선을 자신이 허락하고 납득할 수 있는 범위 안에 머물게 하고 싶을 따름이다. 실제로 제형과 살을 부대끼며 살고 있는 것은 기선인데도 선양의 시선 안에서 제형은 절대적으로 모자라고 부족한 사람이 되는 것도 그 때문이다. 선반을 조립하던 기선의 손등뼈를 보고 아내로서의 희생을 지레짐작하며 자신의 마음을 과하게 투사하는 선양의 마음은 제형의 자리에 자신이 들어서야 한다는 욕망에서 기인한다. 욕망은 기선의 삶을 있는 그대로 납득할 수 없는 선양의 혼란 속에서 거의 당위에 가까운 믿음으로 자리한다. 성장은 쉽지 않으며 선양 또한 기선처럼 삶 속으로 한 발 더 걸어 들어가기 위해서는 그 욕망이자 믿음을 허물어야 하기에 소설은 내리는 빗속에 한참 동안 선양을 세워 두고 마는 것이다.

기선이 그녀의 삶에서 선양을 내친 것이 아니며 사랑하는 사람을 위해 줄 선물을 만드는 데에 함께할 수 있는 유일한 사람으로 여기는데도 그 마음을 의미화하지 못하는 선양은 소외감 속에서 괴로워할 뿐이다. 관계가 이전과 동일한 모습으로 유지되어야 한다는 당위를 내려놓는다면 자신만의 삶을 고유하게 삶을 꾸려 나가는 기선의 행복이 선양의 눈에도 들어올 테지만 아직이다. 인간의 성장이란 세계와 맞먹을 만큼 커 보였던 자기 존재가 하나의 작은 점만큼 작다는 것을 경험적으로 겸허하게 받아들이는 일일 때, 이제 선양에게 남은 일은 작아지는 자신의 모습을 똑바로 바라보는 일이다. 한 사람의 여성이자 어른으로서 기선이 걸어 나갈 삶의 길을 기껍게 응원하고자 한다면, 그녀가 기댈 수 있는 팔뚝이 하나가 아니라 둘이라는 사실에 다행스러워하고자 한다면 선양은 빗속에서 성찰을 시작해야 한다. 나아가는 자의 곁에서 함께하기 위해서는 멈춰 있지 않고 같이 걸음을 옮겨야 한다. 빗물과 함께 흐르는 서러움은 그녀의 성장통이다.

3. 사랑의 어려움: 양수빈 「숲속에는 축복이」,
          돌기민 「불가마 메이트」

또 하나의 여름이 있다. 잎이 누렇게 뜬 편백나무와 진드기가 드글거리는 여름의 숲은 징그럽다. "직접 봐야만 깨닫게

전승민

되는 것들이 있"다고 소설은 호기롭게 말하지만 정작 진실의
벗은 몸을 목격하자 구토가 치민다. 엄마와 아빠의 성공적인
자연 임신을 위해 외삼촌 집에 맡겨진 열다섯 살 여자아이와
부모가 한없이 짐스러운 열일곱 살 여자아이의 무단 외출
이야기다. 세계가 잔인하다고 말할 때 그 폭력성은 집 안까지
밀고 들어온다. 아니, 어쩌면 한 인간이 자라면서 경험하는
최초의 트라우마가 발생하는 진원지로서 폭력은 집 안에서
태어난다. 양수빈의 「숲속에는 축복이」는 그 '집'의 토대가
되는 이성애 섹슈얼리티, 그 위로 덧씌워진 자연이라는
신화적 코드를 섹스의 그로테스크함과 폭력적인 사랑의
관계를 경유해 탈신화하는 서사다.

　사춘기의 성장은 몸에 대한 수치를 동반한다. 제 몸이 타인의
시선 속에 놓이는 경험은 자신이 느끼는 몸의 주체성뿐만
아니라 타인에게 비춰지고 감각되는 대상으로서의 신체를
동시에 포개는 과정 속에서 이루어진다. 이차성징과 더불어
시시각각 변화하는 몸을 긍정하는 일은 그러므로 '나'와
타인의 얽힘이라는 불가피한 접촉을 무사히 통과할 때 힘들게
성공한다. 가령, '나'(예정)의 까만 팔꿈치는 예주의 서슴없는
지적에 새빨간 부끄러움이 되지만 예주가 알려 준 흑설탕과
우유의 비방을 통해 하얘진 피부는 도리어 둘을 결속시키는
매개가 된다. 예주와 예정은 그 수치스러운 날들을 함께
건너온 연대의 관계로 이는 단순히 사촌지간이라는
혈연관계보다 끈끈한 신뢰를 만든다. 아이는 홀로 자라지
않는다. 인간은 나란한 눈높이의 존재들과 함께 자란다.

아픈 자여, 그대의 이름은 젊음이니　　　　　　211

"숲 난임 센터"로의 잠입을 감행하는 이들은 사춘기의 가장 수치스러운 경험을 함께 통과한다.

예정과 예주의 연대체는 성에 대한 공통 경험뿐만 아니라 부모와의 관계에서 비롯하는 트라우마적인 경험의 토대 위에서도 성립한다. 딱히 구체적인 대책을 마련하지 않은 채로 우선 난임 센터로 찾아가는 둘은 숲에서 각자의 트라우마와 꼼짝없이 마주하고 만다. 문제는, 부모와의 그 트라우마가 남자와 여자가 담요 위에서 벌이는 적나라한 섹스를 목격하는 장면 속에서 난데없이 돌출한다는 것이다. ("노란 위액까지 전부 토해 낸 언니가 침을 퉤 뱉었다.") 그들이 보았던 여자의 왼쪽 팔에 난 긴 흉터는 예주의 엄마와 겹쳐진다. 다정하고 무해하기만 한 것처럼 보였던 외삼촌이 실은 심각한 의처증 환자였고 그래서 외숙모는 그의 집착으로부터 달아나기 위해 과도로 자기 팔을 깊이 찌르고 만다. 남자의 목덜미에 난 두 개의 점은 예정의 트라우마를 예고하고 그것은 진드기에 물려 부푼 엄마의 팔뚝으로 이어진다. (예정은 고름 찬 돌기로 가득한 엄마의 팔뚝을 볼 때마다 숲속에서 본 남자와 여자의 섹스를 떠올릴 수밖에 없을 것이다.)

둘은 서로 다른 이유이긴 하나 동일하게 부모로부터 버림받았고 그 상처의 근원에는 인간의 섹스, 본능이자 쾌락을 추구하는 욕망이며 '집'을 재생산하는 수단인 이성애 섹슈얼리티가 자리한다. 소설에서 이성애 섹스의 코드는 현대 의학을 거부하며 극단적인 자연주의를 추구했던 예정

전승민

부모의 극단적인 가치관과 그것의 장소적 형상화인 숲을 통해 드러난다. 그들이 신봉하는 '자연'은 인간적인 시선에 의해 물화된 자연, 인간의 이용 가치와 목적에 부합하는 편의의 범위 내에서의 자연이다. 난임 센터의 비열한 변명이긴 하나 "야생 진드기 또한 자연의 산물"이라는 그들의 말대로 실제의 자연은 인간에게 무심하다. 이롭거나 유해하다는 가치는 자연의 의도와 무관하다. 그러나 부모가 신봉한 자연은 인간의 대립항으로서 절대선(善)의 위치에 놓인 인위적인 산물이다. 급성 뇌수막염에 걸려 왼쪽 귀의 청력을 잃고 결국 의학의 도움을 받은 예정과 달리 "완전무결한 아이"를 원하는 그녀의 부모는 아이러니하게도 극도로 부자연스러운 임신을 하려는 셈이다. 예정이 부모에게서 발견하는 섹스는 오직 자신들이 원하는 양상의 재생산을 위해 동원되는 도구적 몸짓의 그로테스크함이며, 그것의 반작용으로 고름과 흉터를 얻어도 사라지지 않는 그들의 편향된 신념은 예정이 곧장 발길을 돌려 빠져나와야 하는 두려운 것이다. ("그들은 누구보다도 안전하고 평화로워 보였다. 어떤 질병과 사고도 겪지 않으리라는 자신이 있는 사람들처럼. [……] 나는 망설임 없이 발길을 돌렸다.")

아이들이 목격하는, 먼저 태어난 인간들의 사랑은 폭력 그 자체다. '자연'의 신화를 유지하기 위해 두 번째 아이를 낳으려고 첫 번째 아이를 버린 부모는 세상에서 서로를 가장 끔찍이 사랑하는 이들이고 (그들 사랑의 진실함은 단 한 번도 의심되지 않는다) 외숙모를 향한 외삼촌의 크나큰

아픈 자여, 그대의 이름은 젊음이니   213

사랑은 외숙모가 스스로를 칼로 찌르게 만든다. 난임 센터가
헐리고 들어선 게스트 하우스를 채울 후대의 젊은이들은
그러므로 "아무것도 원하지 않"는다. 그들이 자식을 원하지
않으리라는 것은 매우 자연스럽게 납득된다. 그들의 마음을
채울 수 있는 것은 그 무엇도 해하지 않을 수 있는 순수한
쾌락에의 탐닉뿐이다. 예정이나 예주도 마찬가지일 테다. 어떤
아픔은 시간이 지난다고 절로 치유되지 않는다. 한 사람의
몸과 마음이 감당할 수 없는 상처의 치유에는 타인의 도움과
개입이 필요하다. 그래서 인간은 다른 인간을 사랑할 수밖에
없는 것일 텐데도, 숲속에 들어갔다 나온 아이들이 건강하게
사랑하기란 몹시 요원한 일처럼 보인다. 그나마 다행스러운
것은 예정의 곁에 예주가 있었다는 것, 아픈 예정을 그저
내버려두며 돌봄의 책임을 방기한 부모와 달리 예정의 사건
속으로 같이 뛰어드는 언니가 옆에 있었다는 사실이다.

〰

　사랑의 주체가 아집에서 벗어나지 못할 때 그것은 외삼촌의
경우처럼 강요와 집착이 되고, 예정의 부모가 그러하듯
사랑이 낳은 결과로부터 무책임하게 도망치게 된다. 사랑이
과연 그런 것이라고 보고 자란 아이가 어떻게 다른 누군가를
사랑할 수 있을까. 소유욕과 불안으로 점철된 사랑은
미처 사랑으로 자라나지 못하고 욕망에 머무를 따름이고,
그것에 사로잡힌 주체는 욕망의 노예가 된다. 그간 사랑의

　　　　　　　　　　　　전승민

기본값으로 대표되어 온 이성애 섹슈얼리티나, 변칙적인
것으로 간주되기 일쑤인 퀴어 섹슈얼리티 모두 같은 위기에
처한 것은 매한가지다.[2] 세 명의 다중 화자가 진행하는
돌기민의 「불가마 메이트」는 시점의 다각화를 통해 사랑의
불가능성과 그리하여 기생(寄生)으로만 가능한 사랑의
구조를 환유적으로 보여 준다. 불안한 자는 자신을 해치지
않을 것 같은 연약한 자에게 몸을 의탁하고 (그러나 진심으로
자신이 사랑을 다할 수 있는 대상이 등장하기 전까지만이다.)
약한 자는 상대의 불안을 이용해 자신을 떠나지 못하도록
옭아매려 한다.

　먼저, 소설의 세계관에 유의하자. 이곳에서 최고의 매력
자본은 각자가 지닌 체취다. 각자의 냄새는 피부에 기생하는
오도르라는 복족류 연체동물에 따라 달라진다. (오도로의
천적은 비둘기이므로 외출 시 비둘기 떼를 조심해야 한다.)
모두가 탐내는 체취를 가진 'ㅇ'은 쉽게 사랑하고 추앙받아
마치 세계의 패권자처럼 관계에 여유로울 것 같지만 온갖
종류의 나쁜 연애와 강도, 스토킹 등에 시달린다. 그는
사랑이 가져다줄 수 있는 거의 모든 불행의 살아 있는 보고에
가깝다. 세 화자 중 가장 많은 말을 하는 'ㅎ'은 'ㅇ'과 달리
"썩은 양파 냄새"가 나지만 (그는 아마도 액취증 환자일
것이다.) 그 누구보다도 연애와 사랑에 갈급한 이다.
체취 때문에 데이팅앱을 이용할 때 타인의 외투 냄새를

2　　돌기민의 「불가마 메이트」는 게이 컬쳐를 은유하는 여러 기표들, 가령
　　　'사우나'나 '데이팅앱' 그리고 인물들의 외양에 관한 매력 자본들이 만남의
　　　중요한 조건이 되는 특유의 루키즘 등에 의해 게이 서사로 읽히기 쉽다. 그러나
　　　인물의 고유한 인격이 되는 핵심이 모든 젠더와 섹슈얼리티를 가로지르는

아픈 자여, 그대의 이름은 젊음이니　　　　　　　　　215

도용해야 상대의 선택을 받을 수 있는 슬픈 처지다. 놀랍게도, 예상치 못하게 'ㅇ'이 'ㅎ'과의 대화를 수락했고 둘의 인연은 그렇게 시작된다.

사랑이 시작되기도 전에 각자가 지닌 조건의 우위를 가늠하고 서열화하는 것은 어쩌면 당연한 습성이기도 하겠으나 그러한 동물적인 행위는 사랑의 위태로움을 가중시킨다. ("내 조건으론 결코 그의 애인이 될 수 없을 테니 체취라도 실컷 맡고 헤어지자. 아님 죽고 못 사는 친구가 돼 그를 졸졸 따라다니자.") 모두가 욕망하는 가장 아름다운 존재를 손에 넣는 일은 그 자체로 몹시 어려운 일일 뿐만 아니라 아름답지 않은 자신의 모습을 매 순간 바라봐야 하는 일은 사랑을 점점 수치스럽게 만든다. 아름답고 순진한 'ㅇ'에게는 마치 그가 지닌 매력 자본의 대가라도 치르는 듯 사람들의 음험한 속내를 간파하는 능력이 조금도 없어서 온갖 나쁜 인간들로부터 갖은 고초를 겪고, 'ㅎ'은 'ㅇ'의 그러한 결핍을 관계 유지의 동력원으로 삼고자 한다. 'ㅇ'의 삶에서 사람으로 인한 불행이 끊이지 않을수록 'ㅇ'은 선한 마음의 'ㅎ'과의 관계를 결코 놓지 않을 터였다. ("난 어느새 땀을 빼는 오도르처럼 그의 불행을 먹고 사는 생물이 되고 말았어.") 겉으로 'ㅇ'의 슬픔을 위로하는 'ㅎ'의 계산된 손길은 그 슬픔을 이용하기도 하지만, 결과적으로 'ㅎ' 자신이 'ㅇ'의 존재에 강력히 속박당한 채 기생하게 되어 간다는

'체취'와 비인간 생물인 '오도르'로 형상화되는 것을 고려한다면 인물들의 젠더는 미결정 상태에 놓여 있다고 읽어도 무방하다. 그러한 논바이너리적인 독해는 오히려 인간이 타인과 주고받는 사랑의 불확실성과 그 불안한 역학을 훨씬 더 감각적으로 경험할 수 있게 해 주기도 한다.

전승민

사실은 미처 간파하지 못한다. 숙주와 기생물의 관계는
상호적이다.

제거되지 못하는 불안은 결국 파국을 초래한다. 좋은
사람과 연애를 시작했다고 전하는 'ㅇ'에게 'ㅎ'은 불같이
화를 내고(그의 꾸준한 가스라이팅이 실패로 돌아가고),
하필 비둘기 떼의 습격을 받아 병원에 가게 된 'ㅎ'는 이참에
오도르를 제거하여 본연의 체취로부터 해방되고자 한다.
서사는 예정된 행로로 진행되는 듯하다가 뜻밖에 창궐한
역병으로 인해 'ㅇ'의 오도르들이 모두 죽어 버리는 쪽으로
방향을 튼다. 좋은 사람을 만나 드디어 복된 사랑 속으로
진입하려던 찰나의 'ㅇ'은 절규한다. ("이, 이제 저를 어떻게
설명해요? 모, 모르겠어요. 저, 정말 몰라요.") 모두가 원하는
달콤한 향기를 풍기는 오도르로 월세까지 충당하며 생계를
유지하던 'ㅇ'는 갑작스럽게 사라지는 오도르들 앞에서 어찌할
줄 몰라 한다. 오도르를 사랑과 생활의 생산 수단으로 이용해
살아가던 'ㅇ'은 정체성의 큰 부분을 자연에게 빼앗긴 셈이다.
소설의 말미에서, 모두의 외출이 금지된 상황에서 나타나는
'그'의 출현은 그가 애인이든 'ㅎ'이든 우리에게 새로운
불길함의 예고로 다가온다. 세계는 여전히 조금도 평온을
누리지 못한다. 비인간의 시점에서 'ㅇ'의 섹스를 관찰하는
화자 '상우랑이'조차도 죽음에 이르고 만다.

누군가와 살을 맞대고 싶지만 할 수 없는 외로움과 무수한
관계의 역사 속에서 끝내 도망자 신세를 면치 못하는 깊은
소외감은 소설이 극복하거나 타개할 대상이 아니다. 소설이

아픈 자여, 그대의 이름은 젊음이니　　　　　217

'옹'과 '응' 그리고 더듬는 목소리로 길게 전하고 있는 것은
이 시대에 사랑이 처한 위기의 한 모습이며, 아름다운 것에
매혹되는 것이 인간 존재의 자연스러운 본성임에도 불구하고,
아름다움 또한 자연이 선사하는 가혹한 불행 앞에서
속수무책임을 보여 준다. 대상을 향한 불안과 욕망은 주체를
관계의 그물에 강박적으로 매달리게 만든다. 넘치는 리비도는
순간의 쾌락과 항상적인 두려움 사이에서 세계 위를 계속
진동할 따름이다.

4. 독립의 어려움: 양기연 「홀로틀의 포옹」,
윤단 「친구를 데리고」

사랑조차도 우리를 불행하게 만드는 국면 속에서 인간이
감행하는 또 다른 선택은 관계로부터 독립을 선언하는
것이다. 그러나 이 역시도 쉽지 않은데, 자신의 삶에 그간
깊이 뿌리내리고 있던 타인의 삶과 흔적들을 의도적으로 떨쳐
내야 하기 때문이다. 말하자면 고립의 조건들을 자발적으로
꾸리는 일이 필요하다. 그러나 사랑하는 이가 내 발목을
붙잡을 때, 그것을 냉랭하게 떨치고 가뿐한 마음으로 가는
일은 거의 불가능에 가깝고 그가 사랑이라는 이름으로
제시하는 부채감과 죄의식, 그리고 '나'의 선택이 이후 그의
삶에 미칠 영향력은 좀처럼 감당하기 어려운 두려움으로
닥쳐온다. 양기연의 「홀로틀의 포옹」은 자신에게 부모와도
같았던 언니와의 공동 영역으로부터 떨어져 나와 서울에서

자신이 바라 온 조명 디자이너로서의 커리어를 시작하는 한 여자의 이야기다. 단출한 서사와 달리 '나'가 짊어진 생의 더께는 무겁기 그지없다. 언니가 그랬듯 '나' 역시도 두 사람 분의 삶을 짊어지고 살아왔던 것이다. 그래서 그녀가 언니로부터 끝내 돌아서는 한 번의 이기심은 몹시 귀하다. 이 단 한 번의 돌아섬을 목격하기 위해 소설은 서사의 전부를 내어 주고 있다고 해도 과언이 아니다.

언니는 미혼모가 아닌 비혼모로(지인으로부터 비공식적인 정자 기증을 받아 혼자 아이를 낳은 것으로 추정된다.) 동생 '나'의 도움을 받아 딸 보윤을 힘들게 키우고 있다. 비혼모 워킹맘의 삶은 보윤의 분리 불안과 그녀의 과호흡을 낳는다. 조력자로서 '나' 역시 힘든 건 마찬가지다. 보윤을 자식처럼 생각하고 사랑만으로 돌보는 것이 아니기 때문이다. 보윤을 돌보는 일은 '나'가 언니에 대한 부채감을 청산하는 행위다. 비행기 사고로 일찍 세상을 떠난 부모를 대신하여 젊은 날의 언니는 청소년기의 '나'를 키워 내느라 많은 것을 포기했고 그 희생을 모르지 않는 '나'는 부모의 빈 자리를 대신해 준 언니를 향해 고마운 마음보다 죄스러운 마음을 갖고 있다. 그러나 채무의 끝이 보이지 않는 변제는 사람을 소진시키고 결국, "네가 있어서 다행"이라는 언니의 말도 더는 애정과 신뢰의 말로 수신되지 않는다. 그 말은 그저, 계속 자신의 곁을 지켜 달라는 강한 요청이자 당위의 우회적인 전달이다.

보윤을 보면서 '나'는 자신이 보윤에게 부정적인 영향을 줄까 걱정하고 언니가 아니었다면 보윤을 돌보지 않았으리라

아픈 자여, 그대의 이름은 젊음이니

재차 의식적으로 확인한다. 죄책감은 이중으로 불어난다.
그녀는 자신의 불안과 죄의식의 대물림을 경계하고("보윤이는
어떤 어른이 될까. 나는 눈치를 보지 않는 삶, 부채감이
없는 삶을 상상할 수 없었다. 너도 3인용 소파를 바라보며
타이밍을 측정하는 삶 따위를 살게 될까."), 이는 '나'가
독립적으로 자신만의 삶을 살고 언니에 대한 부채감으로부터
놓여 나고자 하는 욕망과도 긴밀히 맞닿아 있다. 물론, 아무리
가족이라도 서로가 서로에게 미치는 영향력은 축차적인
것만은 아니다. 가령, 언니의 영향으로 프리다 칼로를
좋아하게 됐지만 애정의 크기와 이유는 같지 않다. 프리다
칼로는 벽에 투사되는 미디어 파사드의 영상처럼 '나'가
자신의 삶과 주변인에 대한 마음을 곧장 투사하는 은유의
대상이다. 그녀는 프리다의 전차 사고에서 부모님의 비행기
사고를 겹쳐 보고 언니 역시 자신을 돌보던 20대를 그로부터
보리라 생각한다. 그러나 프리다에 대한 투사 역시도 자매의
죄책감과 부채 의식으로 연동되고 이런 맥락에서 소설은
'나'가 언니를 이해하는 과정이기도 하지만 동시에 자신만의
삶을 살기 위해서는 언니를 배반해야만 하는 이중 과제로
나아간다.

　'나'의 내적 갈등이 전면화되는 것은 보윤이 손에 선인장
가시가 잔뜩 박히게 되는 사건으로부터다. 보윤의 사고가
'나'의 의도와 무관하게 벌어진 일이라는 걸 언니는 알면서도
"네 마음대로 해. [……] 우리는 신경 쓰지 말고."라며 차갑게
쏘아붙이고, 소설 내내 증폭되던 죄의식은 이를 계기로

임계치를 넘어 터져 버리고 만다. 언니를 등지고 상경을
결심하는 일이 '나'에게 또한 두려운 욕망, 그러나 부정하기
어려운 진실이라면 그 진실은 이 지점에서 드디어 '나'의
내심으로부터 실천의 영역으로 옮겨 간다. 알면서도 행하지
못하던 진심이 행위되기 위해서는 때로 외부의 반작용이
필요하기도 하다. 이후, '나'는 이전과 다른 방식으로
프리다 칼로의 그림을 보게 된다. 프리다와 디에고만 보던
시선은 그림 아래쪽에 작게 웅크리고 있는 강아지 홀로틀을
포착한다. 그 길로 현관문을 닫고 집을 나간 '나'는 선배와
월세를 반씩 부담하며 서울에서 함께 지내기로 결정한다.

　프리다 칼로의 그림에는 '나'가 말하듯 세 겹의 포옹이
있다. 우주의 여신은 모든 것을, 대지의 여신은 프리다를,
그리고 프리다는 디에고를 포옹한다. 그러나 홀로틀은
그 누구도 안아 주지 않는 것처럼 보이는데, 삶의 중대한
변화를 결심한 '나'가 읊조리는 마지막 문장 "포옹의 층위에
대해 생각했다."는 말은 소설의 제목과 연동되며 홀로인
것처럼 보이는 홀로틀이 실은 자기 자신을 안아 주는 존재로
의미화된다. 언뜻 언니와 보윤을 '버리고' 혼자가 되기로
마음먹은 듯한 '나'는 그녀들을 삶에서 내친 것이 아니라
그간 해 주지 못했던 자기 자신을 향한 포옹을 실행하기로 한
것이다. 강아지가 몸을 원형으로 말고 웅크리는 것이 다른 그
누구도 아닌 자기 자신을 안아 주는 행위라면 그러한(다소
이기적으로 보이는) 선택이 삶에서 불가피한 때가 분명 있다.
그러나 서로를 안는 일이 미안함과 부채감으로 행해진다면

아픈 자여, 그대의 이름은 젊음이니　　　　221

그 관계와 마음은 결국 언젠가는 위태로워질 테고, 각자의
생이 서로에게 저당 잡혀 있다는 감각은 종국에는 원망으로
치달을 것이다. 그래서 여자는 뚜벅뚜벅 자신의 생을 향해
홀로 걸어간다. 사랑하는 이들을 과거의 빚 속에서 원망하지
않기 위해서, 자신을 포함한 우주의 모든 것을 깨끗한
마음으로 껴안을 수 있는 미래의 날들을 위해서.

〰〰

사는 게 더 이상 사는 일이 아니게 될 때, 그렇다고 죽기를
진심으로 원하는 것도 아닐 때 우리는 어디로 어떻게 손을
뻗어야 하는 걸까. 닿을 수 없는 마음의 끝없는 평행선을
아연하게 바라보는 것만이 최선일 따름인가 하고 되물을
때, 그때 어떤 밤은 도착한다. 날카로운 가시가 포옹의
부드러운 손길로 변모하는 시간. 이 밤이 지나가는 자리에
스미는 물기는 너와 나를 위한 진정한 연민의 눈물이다.
윤단의 「친구를 데리고」는 각기 다른 이유로 소원해졌던 세
여자의 인연이 수년 뒤, 어느 지방 소도시에서 다시 얽히며
끝내는 서로를 진심으로 안을 수 있게 되는 무더운 여름날의
이야기다.
　세 사람 사이에는 두 번의 사랑이 있다. 하나는 채영과
'나'의 마음, 그리고 다른 하나는 '나'와 선생님의 마음이다.
이들의 시공간을 포근하게 감싸는 밤의 시간은 복잡한
마음의 엉킴들이 무화되는 이해와 포용의 시간이다.

전승민

홀로틀의 웅크림이 소외나 고립이 아니라 자신을 그 누구보다
따뜻하게 안아 줄 수 있는 이가 바로 자기 자신이었음을
깨달은 여자가 자기만의 생을 향해 용감하게 걸어간 것처럼,
세 여자 또한 거북이 '밤'의 느릿한 걸음을 통해 각자가
자신의 길을 향해 나아가는 시작을 조용히 지켜보게 된다.
이서수의 「미식 생활」에서 나라가 호린에게 지켜보겠노라
말한 연대의 마음이 그러했던 것처럼, 오롯하게 각자됨을
존중하며 연결되는 일은 곁을 지키며 그를 지켜보는
일이다. ("나는 우리가 이 밤을 위해 어떤 시선을 기울이고
있는지를 생각한다. [……] 나는 보고 있다고, 정말 멋지다고
대답한다.") 불면이라는 측면에서 보자면 이 소설은 밤
시간에 잠들지 못하던 이들이 드디어 숙면할 수 있는 새로운
밤과 조우하게 되는 이야기다. '나'는 불면의 이유를 정확하게
알고 있다.

나는 아무리 잠을 자려고 노력해 봐도 자꾸만 지난 일들에
시달리고 만다. [……] 내가 저질렀거나 누군가 내게 저지른
일. 잊고 싶어도 절대 잊히지 않는 일들. 나는 어째서 이런가.
그런 자책들. 무언가에 시달린다는 건 그것에 현재진행형으로
마음을 쏟는다는 것이기도 해서, 밤에 마음을 쏟아 버리고
나면 낮에 쓸 마음이 없어진다. 사는 게 사는 것 같지
않아진다. 그리고 다시 밤. 악순환 속에 있는 기분.

서사의 개략적인 얼개는 이러하다. 학원에서 남학생과

아픈 자여, 그대의 이름은 젊음이니

사귄 것이 들켜 해고당했던 선생님이 7년 만에 갑자기 '나'를
집으로 초대한다. 같은 고등학교 출신이자 동네 친구인
채영은 얼결에 동행한다. 어머니의 고향집으로 내려가기
전에 초대하고 싶었다던 선생님은 다소 의미심장한 말을
하는데, 여기서 필요한 게 있으면 가져가고, 만약 없으면 네가
나에게 필요한 걸 주고 가라고 한다. ("일을 만들려고 노력
중이야.") 세 여자의 따뜻한 포옹으로 이루어지는 그 밤의
시간은 바로 선생님이 선물처럼 그녀들에게 선사한 것이다.
예전에도 선생님은 '나'에게 "누구나 할 수 있는 말이지만
누구도 해 주지 않았던 말"을 해 주는 사람, 그래서 '나'가
흠모했던 사람이었다. '나'가 남학생과 선생님의 소문을
퍼뜨리는 데 일조한 것은 그녀에 대한 배신감과 남학생에
대한 질투심에서였다.

    양기연의 「홀로틀의 포옹」에서 그러했던 것처럼,
이곳에서도 사랑은 죄의식과 쉽게 결탁한다. 미안함은
자신보다 상대를 고려하는 마음에서 기인하기 때문이다.
공장 기숙사에서 따돌림을 받아 괴로움과 자살 충동에
시달리던 채영에게 거리낌 없이 달려가고 전화를 받던
'나'는 어느 순간부터 채영의 연락을 모두 무시한다. 그러나
'나'의 죄책감과 그로 인한 불면은 채영을 다시 만나게 한다.
("내가 잠을 자지 못했기 때문이었다. 죄책감을 덜어 내기
위함이었다. [……] 나는 안 그런 척해도 결국 나밖에 모르는
인간, 결핍으로 가득한 인간이라는 생각을 한다.") 상대의
결핍을 채워 주고픈 마음 또한 사랑이지만 '나'의 마음

전승민

역시 누군가로부터의 보살핌을 필요로 할 때 마음은 쉽게 고갈되거나 소진된다. 그래서 돌보는 마음은 상호 교환되어야 한다. 서로를 돌보고 살필 마음의 여력을 상대로부터 충전받아야 하기 때문이다.

그것은 '네'가 '나'를 아끼는 만큼 '나' 역시도 '너'를 아낀다는 진심을 발견하는 과정 속에서 가능하다. 소설은 첫 문장에서부터 이를 예고한다. 불면의 밤을 건너는 이들에게 누군가의 잠꼬대는 낮의 밝음 속에서는 차마 꺼내지 못하고 숨겨 둔 모종의 진실이 누설되는 계기다. 모든 공격성과 방어적 태도를 내려놓고 가장 취약해져 있는 잠의 한가운데에서 그가 발설하는 연약한 진심은 그간의 원망과 미움을 녹여 버리고 만다. ("이제 들어가자./어디를?/[……]/그래도 앞까지 왔잖아./무서운데./[……]/진짜 무섭단 말이야./괜찮을 거야.") 카타르시스는 격정적이지 않다. 다만 조용히 녹아 밤과 함께 흐르며 세 여자의 몸을 감싼다.

도시를 아주 떠나기로 마음 먹으며 선생님은 그간의 인연들을 돌아보았을 테다. 과거로 지나갔지만 현재까지도 자신의 생을 사납게 할퀴는 것들의 얼굴을 그 과정에서 마주했을 것이다. 미워하고 날을 잔뜩 세운 얼굴의 아래에 숨은 취약한 마음을 보고야 말았을 것이다. 이를테면, 그녀를 사랑하는 마음에 치기 어린 위악을 부리던 '나'의 ("저요. 선생님을 이해해요.") 숨은 마음과 죄책감 또한 그녀는 모르지 않았을 것이다. 자신의 취약성과 독대하는 것을 어려워하는 것이 인간 마음의 본성이기도 하다는 것을

아픈 자여, 그대의 이름은 젊음이니   225

아는 그녀는 그래서 부러 '나'를 집으로 초대했을 테다. 어떤 마음은 자기 자신조차도 외면할 수밖에 없기 때문에 타인의 포옹을 반드시 필요로 한다는 것을 아는 선생님은 저간의 세계를 등지고 사라지기 전에 자신의 포옹이 필요한 이들에게 기꺼이 품을 벌린다. 어느 선한 사람은 사라지는 그 순간에조차도 자신의 손길이 스쳤던 것에 새겨진 상처를 아물게 하는 것이 마지막 과업이라 여기기도 한다. 세 여자가 함께 지나는 밤은 그가 주는 마지막 선물인 것이다. 소설에서 가장 온화한 이가 세 사람 중 가장 큰 슬픔과 우울을 껴안고 있었으리라는 추론은 그러므로 놀랍지 않다. 이 책에 수록된 6개의 젊은 소설들이 그토록 아파하는 것 역시 이 때문일 테다.

가장 큰 포옹은 역설적으로 가장 생생한 아픔으로부터 태어난다.

전승민

문학 웹진 LIM

여기, 뚫고 나오는 이야기의 숲

문학 웹진 LIM	등단 여부 및 장르에 구애받지 않는 여기의 젊은 작가들을 위한 연재 플랫폼입니다. 장·단편소설, 대담, 에세이 등 이채로운 작품을 요일마다 만날 수 있습니다.
림LIM 젊은 작가 소설집	웹진에 연재한 작품 중 일부를 엮어 일 년에 두 권 출간합니다.
시 림LIM	문학 웹진 LIM에서 새롭게 시작하는 시인선 시리즈. 자기만의 세계가 확고한, 다양한 표정을 가진 시를 소개합니다.
ILLUST LIM	일러스트레이터의 작품으로 단편소설 한 편을 새롭게 엮습니다.
림LIM 장편	01. 이하진 장편소설 『모든 사람에 대한 이론』(근간)

'-림LIM'은 '숲'의 뜻을 더하는
접미사이자 이전에 없던 명사입니다.

www.webzinelim.com

림LIM
젊은 작가 소설집 5
『숲속에는 축복이』

초판 1쇄 발행	2025년 3월 30일
지은이	남궁지혜·돌기민·양기연·양수빈·윤단·이서수
펴낸이	정중모
펴낸곳	도서출판 열림원
출판등록	1980년 5월 19일(제406-2000-000204호)
주소	경기도 파주시 회동길 152
전화	031-955-0700
팩스	031-955-0661
웹진	www.webzinelim.com
이메일	editor@yolimwon.com
	webzinelim@yolimwon.com

인스타그램   @yolimwon
           @webzinelim

기획실	정진우·정재우
주간	김종숙
책임편집	김은혜·정소영
편집	김혜원
디자인	강희철
마케팅 홍보	김선규·고다희
디지털콘텐츠	구지영
제작	윤준수
영업관리	고은정
회계	김선애
표지 디자인	굿퀘스천

ISBN 979-11-7040-315-9
ISBN 979-11-7040-174-2 (세트)